ADRIENNE POKORNY · ANONYM

ADRIENNE POKORNY

ANONYM

Kärntner Druck- und Verlagsgesellschaft m. b. H.

Umschlaggestaltung: Stephan Ragger

Gesamtherstellung: Kärntner Druckerei,
Klagenfurt

ISBN 3-85391-221-4

Inhaltsverzeichnis

PROLOG

FÜR LINDE IN DANKBARKEIT

Ich gehe durch die Straßen, denk an die Jugendzeit.
Die Bank im Park, die Blumen, Hochhäuser weit und breit.
Ich gehe durch die Straßen hinunter zu dem Fluss.
Bedrohlich ist die Brücke, über die ich gehen muss.
Vorbei die Angst, das Warten – das Hoffen auf ein Glück.
Meine Straße geht zu Ende, für mich gibt's kein Zurück.
Jetzt steh ich auf der Brücke, hinüber Menschen geh'n.
Ich schau zum andern Ufer, nur Schatten sind zu seh'n.
Was wird mich dort erwarten? Sind's Rosen, die da blüh'n,
in einem schönen Garten? Ist's Asche am verglüh'n?
Ich stehe auf der Brücke, da spür ich eine Hand.
Ich fühle deine Nähe, da bin ich losgerannt.
Am Ufer angekommen, da wein ich wie ein Kind …
Ich hab es nun begriffen, dass Träume Schäume sind …

Graz 1953

IM SANATORIUM

Nie in meinem Leben werde ich diesen Morgen vergessen. Es ist ein wunderschöner warmer Frühlingstag. Das Fenster ist weit geöffnet. Ich höre das Gurren der Tauben, die ich von meinem Bett aus sehe.

Es ist ein unpersönliches, deprimierendes Krankenzimmer, in dem ich liege. Die Schwester hat mir soeben eine Spritze gegeben. Die grellen weißen Wände bedrängen mich, kommen drohend auf mich zu, immer näher, als wollten sie mich zerquetschen. Es riecht nach Chloroform. Das kratzende Operationshemd klebt an meinem schweißgebadeten Körper. Höhnisch grinsende Masken an den Wänden, an der Decke speien mich an, diese teuflischen Fratzen, ich habe Angst, verstecke mich unter der Bettdecke.

Was ist das? Ich fahre mit dem Bett! Nein, in meinem Rolls-Royce … viel zu langsam. Gib Gas, Paul … schneller … Was ist das?

Ein grelles, zuckendes Licht … verschwommene grüne Männchen mit Masken … UFOs? Alles ist so nebelig … Ich kann nichts mehr sehen. Aus einer Höhle von irgendwo dröhnt eine dunkle Stimme … Hören Sie mich? Versuchen Sie zu sprechen … Mein Mund ist ausgetrocknet … Ich will antworten … ich muss …

Ein Röcheln von mir … Ich schwebe … ich fliege … ich falle … falle … ich falle in ein dunkles Loch.

DREI TAGE DANACH

Meine Mutter sitzt bei meinem Bett. Sie ist schon sehr neugierig auf den Befund.

Drei Tage musste ich auf den Bescheid warten, habe ich Krebs oder ist es, so Gott will, eine Fehldiagnose.

Mutti starrt ununterbrochen zur Tür, dann wieder zur Uhr, sie macht mich ganz nervös. Es klopft, na endlich! Die Schwester kommt lächelnd herein, ein Blatt Papier schwenkend sagt sie: „Hier ist der Befund, Sie sind gesund, meine Liebe, alles o. k., pumperlgsund“, dabei umarmt sie mich. Meine Mutter lächelt mokant und sagt: „Ich habe es ja gewusst, es ist alles nur Einbildung. Es geht dir zu gut, du bist hysterisch, Jaques verwöhnt dich wohl nicht genug. Was willst du denn noch alles?“ Dieses „Was willst du denn noch alles?“ bringt mich auf die Palme. Gereizt sage ich: „Mutti, du wirst dich nie ändern, du kannst es nicht lassen, an mir herumzumeckern, mich zu bevormunden. Ich bin kein Kind mehr …“

Ein vorwurfsvoller Blick folgt, ein tief beleidigtes Gemurmel, gut, dass ich es nicht verstand, sonst wäre die Situation eskaliert. Ich gebe zu, unser Verhältnis zueinander war zu diesem Zeitpunkt nicht gerade das beste.

Mutti hat mich um meine Art zu leben beneidet, ein Leben, das sie gerne geführt hätte. Die besten und reichsten Partien hätte sie machen können, wenn sie mich in ein Internat gegeben hätte. Das erwähnte sie oft.

Mit 17 Jahren kam sie in die Stadt, aus einem verarmten Landadel stammend, ein jungfräuliches, naives Tschapperl, das den Fallen und Tücken der Großstadt nicht gewachsen war.

Durch Onkel Fritz wurde sie in die feine, snobistische Gesellschaft eingeführt. Ihr Kapital waren der Titel der Freifrau und ihre auffallende Schönheit. Es dauerte nicht lange, und die adelige Schönheit ging weg wie eine warme Semmel. Sie wurde mit einem reichen, angesehenen Mann verkuppelt. Es war für sie wie im Märchen.

Das Aschenbrödel hatte seinen Prinzen gefunden.

Das süße Leben betäubte sie, hatte sie vollkommen eingenommen. Sie wollte es bis zur Neige auskosten, bewundert und geliebt werden. Da kam für sie die Katastrophe. Sie wurde schwanger. Sie wollte kein Kind, keinen dicken Bauch, der ihre schlanke Figur zerstörte. Alles, was aufregend für sie war, das lustige unbeschwerte Leben, sollte sie nun aufgeben?

Sie musste es für mich … einen ungewollten Bankert …

Bevor ich noch da war, besorgte man schon eine Amme aus dem Burgenland. Das Kind ist gut versorgt, meinte meine Mutter und dachte, das Leben ginge nun genauso weiter wie bisher. Doch sie irrte sich. Papa hatte sich verändert. Frau und Kind bleiben zu Hause. Er geht mit seinen Freunden und Freundinnen aus wie früher, amüsiert sich, betrügt meine Mutter nach Strich und Faden.

Die unschuldige Blume vom Land hatte keinen Reiz mehr für ihn, langweilte ihn, sie war entblättert. Der Sex mit ihr zu eintönig, zu fade für einen erfahrenen Lebemann.

Mutti →

Lautstarke Eifersuchtsszenen, Streitereien, bewirkten, dass mein Papa eines Tages auf Nimmerwiedersehen nach Südamerika entschwand.

Ein wildes Pferd bleibt nicht im Stall, es bricht aus.

Wie oft sagte meine Mutter zu mir: „Du bist genauso wie dein Vater."

Womöglich hat sie Recht. Ob ich das Fernweh, diese Unruhe in mir, den Hang, nicht gebunden sein zu wollen, die Freiheitsliebe von ihm geerbt habe?

Die Ehe wurde geschieden. Onkel Franz, ein Freund der Familie, ein eingeschworener Junggeselle, der schon immer meine Mutter insgeheim verehrte, heiratete sie vom Fleck weg, obwohl er wusste, welche Konsequenzen es für ihn und seine Karriere haben wird!

Ein Skandal sondergleichen. Ein Offizier und eine geschiedene Frau mit Kind, das ist nicht standesgemäß, so eine heiratet man nicht!

In dieser damaligen bürgerlichen Zeit ein unverständlicher Eklat! Das musste bestraft werden, daraus musste man Konsequenzen ziehen – Strafversetzung in die Provinz, eine kleine Garnison an der ungarischen Grenze.

Für meine Mutter ein Todesstoß. Sie war empört, sie, eine lebenslustige, junge Frau, in die Provinz verstoßen, am Abstellgleis.

Das Getue der Damen, alles nach Rangordnung: Frau Leutnant, Frau Oberleutnant, Frau Major und dann die wichtigste, tonangebendste, die Frau General.

Das konnte nicht gut gehen. Meine Mutter wurde verbittert, herrschsüchtig, redete immer von vergangenen

Zeiten. Ich konnte keine Liebe von ihr erwarten, und mein Stiefvater wurde sich bewusst, dass er für meine Mutter zu alt war, und er resignierte.

Er war eine Seele von einem Mann und mir ein wunderbarer, verständnisvoller Ersatzpapa.

Nach Papas Tod heiratete sie den Onkel Othmar, der auch nicht viel zu reden hatte. Ihm war kein langes Leben an ihrer Seite bestimmt.

Dann kam Onkel Alfred, eine Jugendliebe. Was schön ist, währt nicht lange.

Nun ist sie wieder Witwe und kein Onkel in Aussicht? Man wird sehen.

Wie spät ist es eigentlich? Ich habe geschlafen, meine Mutter ist bereits gegangen. Sie hat mich nicht aufgeweckt. Wie rücksichtsvoll von ihr …

Elf Jahre bin ich nun schon mit Jaques verheiratet, und er hat es nicht für nötig gehalten, mich hier anzurufen, den besorgten Gatten zu spielen, zu fragen, wie es mir geht und was der Arzt gesagt hat …

Wo ist er eigentlich? In New York, Zürich, Berlin oder Wien?

Ich fühle mich so jämmerlich, allein gelassen. Ich weiß, er kann kranke Frauen nicht ausstehen. Krank darf nur er sein. Bei jeder Blähung wird sofort der Professor aus Basel gerufen.

Er und meine Mutter haben mich in diese Klinik verbannt, eingesperrt …

Sie denken doch nicht, dass ich meschugge bin?! Nur weil ich einmal eine Überdosis Schlafmittel geschluckt habe, bin ich in einer Klapsmühle. Wollen sie mich entmündigen? Wer bin ich eigentlich? Ein kleiner Vogel im goldenen Käfig, eine Spieluhr, die man aufzieht und, wenn sie kaputt ist, wegwirft? Sing, Baby, sing!

Ich bin nicht dein Clown, Jaques, dein Spielzeug!

Ich bin noch deine Frau. Hast du das vergessen …?

Es klopft, der Arzt kommt, ich erwarte das Schlimmste … Ich muss ruhig bleiben, sonst stecken sie mich in eine Zwangsjacke …

Er setzt sich an mein Bett, er fühlt meine Nervosität. Beruhigend streichelt er meine Hand und sagt: „Na, meine Liebe, wie geht es uns heute? Sie sind physisch ganz gesund. Was ist los mit Ihnen? Psychisch schaut es schlecht aus, Sie haben eine schwere Neurose …"

Jetzt kommt's, denke ich – Klapsmühle!

„Sie haben eine Allergie." – Ich unterbreche ihn, ich habe es ja geahnt, ich hätte es ja wissen müssen … „Eine Allergie gegen meinen Mann. Hab ich Recht, Herr Doktor?"

Jetzt sprudelt es nur so aus mir heraus, hemmungslos rede ich immer weiter, immer schneller werdend: „Schon, wenn er mich berührt, bekomme ich Schmerzen. Er spürt ja nicht, dass er mir die Luft zum Atmen nimmt, mich erdrückt, wenn er auf mir liegt, dieser Koloss von Mann, dieses keuchende Ungetüm." Und weiter geht es, ich habe jede Kontrolle über mich verloren!

Der Arzt: „Schreiben Sie, meine Liebe, vielleicht wird das Ihre Probleme lösen und Sie befreien. →

Ich schreie: „Ich bin sein Besitz, er nimmt mich, wann und wo er will. Ich weiß nicht mehr, was ein Orgasmus ist. Ich lasse ALLES ÜBER MICH ERGEHEN, DIE SCHLEIMIGE EKLIGE MASSE, DIE MICH BESCHMUTZT … SCHNELL INS BAD – DUSCHEN, PARFÜMIEREN, nur nicht Kotzen … – … So erfülle ich meine ehelichen Pflichten … Und das Schlimmste ist, er betrügt mich!"

Der Arzt starrt mich an. Nach einer Pause fragt er: „War das denn immer so? Warum haben Sie ihn geheiratet?"

Ich beginne zu weinen, meine Aggression hat sich gelegt, schluchzend antworte ich: „Herr Doktor, wir hatten eine so wundervolle Zeit. Wir liebten uns, ich war eine hingebungsvolle Geliebte, er ein zärtlicher, rücksichtsvoller Mann. Unser Sex war aufregend, befriedigend, normal. Es war unbeschreiblich, dieses Gefühl ‚danach', die Entspannung und Zufriedenheit. Wir waren glücklich, jedenfalls ich … Herr Doktor, ich könnte ein Buch über mein Leben schreiben …"

Der Arzt: „Schreiben Sie, meine Liebe, vielleicht wird das Ihre Probleme lösen und Sie befreien."

Begegnung in Wien 1967

Ich traf Jaques zum ersten Mal in einem bekannten Wiener Kabarett. Ich trat dort als Attraktion auf, als „MADAME JOSETTE ADRIENNE – PALADIUM – LONDON".

Von diesem Abend an hat sich mein ganzes Leben von Grund auf geändert. Aber das ist ein anderes Kapitel, davon später.

Also, wie schon erwähnt, ich war wieder in Wien, in der Stadt, die ich vor elf Jahren fluchtartig verlassen hatte. Die Stadt, in der ich geboren wurde, die mir nie Glück gebracht hat und die ich von Grund auf hasse.

Jawohl, hasse, in die ich nie mehr zurückkommen wollte. Aber wie man weiß, man soll niemals nie sagen.

Man schrieb das Jahr 1946, da wurde ich von einem Provinztheater nach Wien zur RAWAG eingeladen, um bei Sendungen wie „Was gibt es Neues", „Operettenabende mit Charly Gaudriot" und verschiedenen Lesungen mitzuwirken. Die Theater waren größtenteils ausgebombt, geschlossen oder von den Besatzungstruppen beschlagnahmt.

Mimen vom Burgtheater, Staatsopernsänger, Operettensänger, Legenden wie Heinz Conrads, Maxi Böhm, Hermann Leopoldi, Rudolf Karl, um nur einige zu nennen, tingelten wie ich um kleine Gagen in Bars und Kabaretts.

In einer Ausweichstelle des Josefstädter Theaters spielte ich, unter der Regie von Hans Thimig, zwei Stücke. Trotz guter Kritiken und bemerkenswerten Erfolges hatte ich nicht die geringste Chance, mich auf dieser Bühne durchzusetzen und Fuß zu fassen. In der Josefstadt war ein zusammengeschweißtes Ensemble, Protektionskinder wurden bevorzugt, mit einem Wort: eine Schlangengrube.

Eine Provinzgans wie ich war ein Fremdkörper in diesem Beamtenbetrieb. Wie man so hört, soll sich daran nicht viel geändert haben …

Mein erster Mann, ich sage absichtlich mein erster, da mit der Zeit noch einige folgten, war der gütigste, warmherzigste Mensch, der in meinem verkorksten Leben eine tragende Rolle spielt. Er glaubte an mich, an mein Talent und versuchte mit allen ihm zur Verfügung stehenden Mitteln, mich zu fördern.

Ein gewisser Herr Wachsler, der sich Impresario nannte, suchte krampfhaft einen Dummen, der bei ihm sein Geld investierte, und den fand er auch. „Herr Direktor", sagte er hocherfreut, als er meinen Mann im Kaffeehaus sah, „so ein Zufall, dass ich Sie hier treffe. Ich bringe in den Kammerspielen ein Stück heraus, eine Bombenrolle für Ihre Frau, ich brauche nur, nebbich, ein paar Tausender." Der Angelhaken war gelegt, und mein Mann biss an.

Herr Wachsler lachte sich ins Fäustchen, besetzte mit seiner Freundin, einer unbegabten, aber sehr ehrgeizigen Schauspielerin, die mir versprochene Rolle. Das Stück war ein Flop, das Betthaserl fiel mit Bomben und Trompeten durch, aber ihr Bühnenpartner hatte seinen Durchbruch, machte Karriere und heiratete seine Partnerin. Ein Happy End …

Hallo Boys! →

Palace

Es wurde eine glückliche Ehe, Herr Wachsler wurde abserviert, man brauchte ihn nicht mehr, worauf er und das Geld sich in Luft auflösten. Da kann ich nur sagen: So eine Chuzbe …

Meine Wut ist eskaliert, ich wollte nur weg. Da kam mir ein Angebot aus Wiesbaden von den Amerikanern sehr gelegen: eine Tournee mit einem 50-Mann-Orchester durch ganz Europa. Alle amerikanisch besetzten Airports wurden bespielt.

Ein komischer Anblick: ich mit dem Fallschirm auf dem Rücken, die Gurten zwischen die Schenkel geklemmt, ein Helm auf dem Kopf …

Vor Betreten des Flugzeugs musste ich unterschreiben, dass ich auf eigene Gefahr in die Maschine einsteige …

Ich kann es nicht leugnen, ich hatte furchtbare Angst. Zuerst hielt einer der Begleitoffiziere zärtlich meine Hand, als ich aber auf keine Fraternisation einging, musste ich alleine zittern und auch meinen Koffer selber schleppen.

Die Amis waren ein sehr dankbares Publikum. Manchmal benahmen sie sich wie Kinder; sie pfiffen und applaudierten, wenn ich mit dem Po wackelte, fotografierten unaufhörlich und verspeisten Popkorn in Mengen. Wenn ich das „Ave Maria“ von Bach/Gounod sang, herrschte eine andächtige Stille, und sie wurden sentimental – besonders die Schwarzen waren sehr ergriffen. Aus einer Vorstellung pro Tag wurden oft zwei bis drei. Die letzte Performance war in Wien am Raimundtheater. Körperlich und stimmlich ziemlich angeschlagen, versorgte mich rührend mein Mann; er war wie Balsam auf meinen Wunden.

Edi

Mit Edi gab es eine Blitzhochzeit, Hermann Leopoldi hatte uns verkuppelt.

Hermann Leopoldi, ein Liebling der Wiener, kam mit großen Erwartungen und Hoffnungen nach Wien zurück. Seine Powidltatschkerln und die Schinkenfleckerln waren Gassenhauer. Er konnte vor dem Jahr 1939 noch rechtzeitig nach New York abhauen, so dass ihm das KZ erspart blieb. Viele seiner Kollegen, z. B. der Grünwald, hatten nicht das Glück oder, sagen wir besser, das Massel.

Hermann war sonntags immer in der Freudenau beim Trabrennen und verspielte oft seine Gagen. Ich war damals seelisch nicht gut drauf. Eine Liebe zu einem englischen Major hatte keine Zukunft; er war verheiratet und hatte zwei Kinder. Mit einem radikalen Schnitt beendete ich diese Affäre, und ich hoffe, dass er zu seiner Frau zurückgekehrt ist. Ich litt wie ein Hund …

Jeder wusste das. Hermann sagte: „Komm zum Trabrennen, das wird dich ablenken, ich bringe auch einen lieben Freund mit." Und diesen lieben Freund habe ich dann geheiratet.

Edi war ein richtiger Junggeselle, wollte nie heiraten, aber wie das Schicksal so spielt: Nach 14 Tagen war ich seine Frau. Es war keine himmelstürmende Liebe meinerseits, ich konnte den Stress und die Erniedrigung, um ein Engagement zu bekommen, nicht mehr durchhalten. Ich hatte niemanden, der mich tröstete, keine Schulter zum Anlehnen. Edi gab mir auch eine gewisse materielle Sicherheit.

Heute weiß ich, ich hätte Edi nie verlassen sollen …

Da ich nach Kriegsende bei der ENSA verpflichtet war, das ist die englische Soldatenbetreuung, hatte ich Freunde bei der BBC London. Mein Mann besorgte mir, schweren Herzens, ein Besuchervisum nach England.

England – vorsingen

Mein erster Weg in London war, einen Agenten aufzusuchen, einen gewissen Herrn Koralek, den man mir in Wien empfohlen hatte, ein Emigrant, der bei der Agentur J. Collins angestellt war. Er machte mir wenig Mut. Er sagte: „Schau'n Sie, Sie können singen wie a Lercherl, aber hier laufen sich so viele Emigrantinnen die Füße wund, mit die schönsten Stimmen, keine Chance für Sie." Er wollte weitersprechen, da unterbrach ihn das Telefon. Er hob ab: „Agentur Collins ...", devot verbeugte er sich immer wieder und nuschelte in den Hörer: „Yes, Mister Collins, ich habe ... nein sie ist nicht englisch ... französisch?" Er schaute mich fragend an, ich nicke ...

„Yes, she speaks französisch ... wonderful voice ... o. k. Palladium. Good bye, Mister Collins", er wischte sich mit dem Taschentuch die Stirne ab, schaute mich belustigt an und sagte: „Sie haben aber ein Massel, das war Mister Collins. Im Palladium ist ein Vorsingen für die nächste Revue, die Hauptrolle muss eine Ausländerin sein, a ‚Continental Singer'. Fahr'n Sie schnell hin." Ich bedankte mich überschwänglich und fuhr mit meinen Noten ins Palladium. Er rief mir noch nach: „Mazel tov!"

Ach du Schreck, zirka 50, wenn nicht mehr, Männlein und Weiblein standen in einer langen Reihe. Mein Selbstbewusstsein war dahin, ich kam mir so hässlich vor, so viele hübsche junge Mädchen mit langen Beinen. Ein Herr kam auf mich zu und fragte mich ziemlich unfreundlich nach meinem Namen. Ich musste ihn zweimal wiederholen, er konnte ihn nicht aussprechen. „Please wait“, sagte er noch und ließ mich stehen. Ich hörte von der Bühne Stimmen, dann wieder dieses „Thank you very much“. Dann kam der Nächste dran. Ich war schon am Ende meiner Geduld und sagte mir: „Gehen wir, es wird so nix draus“, da hörte ich meinen Namen.

Mit rasendem Herzklopfen gehe ich, ich stelze auf die Bühne. Dem Pianisten gebe ich zitternd meine Noten. Er spricht deutsch, mit polnischem Akzent. „Haben Sie keine Angst, es kostet nicht den Kopf“, sagt er. Das beruhigt mich nicht, es ist ja nicht sein Kopf, sondern meiner. Jetzt stehe ich auf der Bühne, es verschlägt mir den Atem, Gott, was für ein riesiges Theater, und dieses schwarze, undurchsichtige, nebelige Loch da ist der Zuschauerraum.

Da sitzen die Scharfrichter und entscheiden über Leben und Tod dieser ihnen ausgelieferten Kreaturen. Erbarmungslos fällen sie ihr Urteil.

Da, eine kalte, eine ungeduldige Stimme ruft aus dem Abgrund: „Are you ready?“ Ich schlucke und hauche mit heiserer Stimme: „Yes, Monsieur.“ Ich wollte gleich zeigen, dass ich französisch spreche. Der Pianist beginnt, und mir bleibt vor Aufregung der Ton im Hals stecken. Ich atme tief durch, sage forsch: „Encor une foire Monsieur“ und singe mit glockenheller Stimme, nein, ich schmettere es hinaus: „Catari, Catari …“ Im großen Haus hallt es, in mir jubelt es: „Ich schaffe es! Ich muss!“ … Mit meinem Herzblut singe ich dann „La vie en rose“. Dann tanze ich und steppe wie die Ginger Rogers über

From AUSTRIA
AUSTRIA'S MOST POPULAR STAR FROM OPERA AND MUSICAL COMEDY
JOSETTE ADRIENNE
THE GOLDEN VOICE FROM VIENNA
Nous ne pouvons assez revenir sur les prestations que la grande artiste autrichienne Josette Adrienne donne à la satisfaction d'un public vraiment difficile. Outre une voix de toute beauté, Josette Adrienne est polyglotte; elle chante en anglais, en français ou en autrichien. Nico Kind, dont on ne parle pas
Wienerin erobert das englische Varieté
Josette Adrienne alias Adrienne Pokórny propagiert Oesterreich
LA exquisita cantante inglesa Josette Adrienne se presentará por primera vez en Madrid en la elegante Parrilla de Recoletos. Josette, una de las primeras figuras europeas de la melodía moderna, viene precedida de una brillante aureola de éxitos conseguidos en las mejores salas de Londres, donde destacó poderosamente su fina personalidad y magnífica voz.
Viennese Singer Big Success
VARIETY
Grand Theatre, Brighton.
Making her first appearance in Britain, Viennese singing star Josette Adrienne took curtain call after curtain call at the Grand Theatre, Brighton, last night.

die ganze Bühne … Ich bin fertig … Ich höre nichts. Was soll ich tun? Ich höre nur ein Murmeln von mehreren Stimmen, dann: „Thank you very much.“ Ist das alles? Also durchgefallen … Das war's. In Eile packe ich meine Noten, verliere ein Blatt; ich hebe es nicht auf, schnüffelnd, halb weinend renne ich zur Kulisse und, mein Gott, auch das noch, einem Herrn in die Arme … „Excusez moi! – moi excusez!“, stammle ich. Der Herr lacht, lässt mich nicht los und sagt: „Gratulation, You got the part. Sie haben die Rolle, ich bin Mister Collins.“

Oh Gott, der Vater von Joan Collins. Ich konnte nicht anders, ich musste ihn umarmen, was ja nicht die feine englische Art war, aber ich hätte die ganze Welt umarmen können. Ich konnte es nicht glauben, es war ein Wunder.

Aber bei Vertragsabschluss gab es noch einen Haken. Die Revue hieß „Passport to Paris“, mein Name war aber bei Gott nicht französisch. Man einigte sich auf den Künstlernamen „Mademoiselle Josette Adrienne“.

Um schnell die behördlichen Schritte zu unternehmen, flog ich sofort nach Wien. Die Presse berichtete schon ganz groß gedruckt von meinem Engagement. Ein Triumph für mich, eine Nase für meine lieben Kollegen!

Sehr traurig war ich, dass ich meinen kleinen Hund, den Chappi, in Wien bei meinem Mann lassen musste, die Quarantäne von sechs Monaten hätte er nicht überlebt. Chappi war ein Findelkind, man hatte ihn mir mitten im Winter vor die Türe gelegt, halb erfroren und abgemagert, es war zum Erbarmen. Ich adoptierte ihn, päppelte ihn auf, und das kleine elende Wesen wurde ein schöner, lieber, semmelfarbiger Hund. Nur Heurigensänger und die Feuerwehr konnte er nicht leiden, denn dann heulte er wie ein Wolf …

Mein Mann gab ihm sehr viel Liebe und so viel Schokolade, dass er fett wurde und in der Folge das kleine Hundeherz versagte. Oder vielleicht war es auch die Sehnsucht nach seinem geliebten Frauerl? Ich weinte sehr um ihn, es war das einzige Wesen, das mich ohne Vorbehalte liebte … Man sagte sogar, er wäre reinrassig gewesen, aber leider nicht von welcher Rasse.

Nun war ich ein Star „Top on the Bill“. Die „Times“ berichtete fast jeden Tag über mich, die unmöglichsten Storys, die meinem Publicitymanager gerade so einfielen und die up to date waren. Ein Maharadscha schenkte mir einen Bären. Der Bär war vom Zirkus ausgeliehen und watschelte

ARGUS

By Wat

ASH - BLONDE Josette Adrienne, Viennese singer in Brighton Grand Theatre's summer show, "Passport to Paris," has an unusual line in pets—a baby bear.

It was presented to her by a fellow countryman in London when she first came to England a few months ago. She wanted to

JOSETTE ADRIENNE

bring it with her to Brighton, but decided it was getting a little out of hand.

"As a baby it was a cuddly companion," said Josette. "Now it is growing fast and I had to let an animal trainer look after it for me. Later, perhaps, I may bring my bear to Brighton for a holiday."

Josette first appeared at the Grand during Easter week and liked it so much that she gave up an engagement to sing in Sweden when invited to return to sing in "Passport to Paris."

mit mir durch die Regents Street, von Fotografen und Journalisten begleitet. Er schubste mich immer mit dem Maulkorb und wollte mich mit seinen Tatzen zu Fall bringen. Er zerfetzte dabei meinen Mantel, aber sonst ging alles gut, bis – na ja! – ein Journalist in einem Pub fragte, ob man mit einem Bären ins Lokal kommen dürfte. Der Besitzer hielt es für einen Scherz und erlaubte es. Nun saßen wir beim Tisch, der Bär und ich. Ich bekam ein Glas Ale und der Bär ergötzte sich an einem großen Glas Milch. Er sah mich immer so listig an, manchmal dachte ich, er grinse.

Da, auf einmal – wusch!, ergießt sich ein großer See durch das ganze Lokal. Ich springe auf und enteile lachend, der Besitzer lacht nicht, aber ein paar Pfund beruhigen ihn wieder.

Ich stand vor der Tür und lachte Tränen … Ich fand es zu komisch …

Oder ein anderes Beispiel: Ich schlafe noch, da läutet das Telefon, eine Stimme fragt: „Madame Josette, wann überqueren Sie den Ärmelkanal?“ Träum ich noch? Jetzt begreife ich – mein Manager! „Rufen Sie in einer Stunde wieder an, ich bin noch ganz verschlafen“, antworte ich geistesgegenwärtig. Ich rufe meinen Manager an, der erklärt mir, im letzten Moment wird man das verhindern, da es meiner Stimme schaden könnte und die Vorstellung gefährdet ist.

So wahr ich Josette heiße, so spielte es sich dann auch ab. Jedenfalls war mein Bild in der Zeitung, sexy im Bikini, ein bisschen habe ich gezittert, es war so kalt.

Das ist Publicity, alles bla-bla-bla …

Die Zeitungen müssen den Lesern einen Namen einprägen, das Künstlerglück und der Erfolg sind kurzlebig, bist du vom Fenster weg, hat man dich vergessen.

Ich habe Angst vor der Zukunft. Gibt es überhaupt eine?

London – Hendon

Desto mehr du von deinem Ruhm betäubt bist, umso mehr kränkt es dich, tief zu fallen. Du spürst, du hast keine Freunde, die dir helfen. Die Kollegen ziehen sich zurück; sie haben Angst, du könntest sie um einen Gefallen bitten oder sie daran erinnern, dass sie dir noch etwas schulden, als sie noch Anfänger waren. Sie bestreiten, je Anfänger gewesen zu sein, jetzt, da sie so berühmt sind. Nur nicht von ihrer Vergangenheit reden, das ist ihnen peinlich. Das könnte ihnen schaden.

Mein Tagesablauf war sehr anstrengend: Ballett, Gesangsübungen und immer wieder Proben. Bevor die Revue in London herauskommt, muss sie in der Provinz ausprobiert werden, geschliffen und umbesetzt und, wie der Regisseur meinte, immer weiter verbessert. Zwei meiner Partner mussten den Hut nehmen und gehen. So mancher Tänzer flog hinaus, wenn er aus der Reihe tanzte. Ein harter Job und die Gewissheit, dass man ihn jeden Tag verlieren könnte, zehren an den Nerven. Man weiß ja nie, bin ich heute die Nächste …

An das Essen hab ich mich schwer gewöhnen können, es gab ja nicht so viel nach dem Krieg, immer das Gleiche – Potatoes, Yorkshire Pudding, Jelly Belly und Custard Sauce, das Steak ganz dünn und halb roh, dass nur das Blut so herausspritzte. Ich bin dann immer in ein ausländisches Restaurant ausgewichen – Indisch, Chinesisch, Tschechisch, die Salami holte ich mir aus dem Soho, auch den Knoblauch, den konnte ich nur essen, wenn keine Proben waren …

Nun spielten wir in London. In Hendon mietete ich mir in einer Villa ein gemütliches Appartement. Mit der Underground war ich in drei viertel Stunden in der City. Es gab nur ein Problem – die Heizung, Gasheizung. Zehn Pennys in den Schlitz geworfen, puff!, und die Flamme im Kamin loderte auf, es wurde warm. Es wurde heiß, aber nur für kurze Zeit. Am Morgen wehte die feuchte kalte Luft durch den Kamin herein, schnell aus dem Bett, zehn Pennys fröstelnd hineingeworfen und, schwups!, ins warme Bett zurück.

Dann kam Mary, eine typische englische Waitress, sie machte das Frühstück und brachte es mir zum Bett. Ham and eggs, Toast with Butter, Orange marmalade. Mary hatte immer Handschuhe an, ein ulkiges Hütchen auf dem Kopf und brachte einen Pekinesen mit. Er gehörte einer Actress von der Shakespeare Company …

Sie betreute noch zwei Junggesellen, sie wusste über alles und über jeden Bescheid, ihre Tiraden nahmen kein Ende.

Sie war, wie man bei uns sagt, eine richtige Tratschn, aber gutmütig und immer hilfsbereit. Ich mochte sie und gab ihr öfter Karten.

„Passport to Paris“ wurde um sechs Uhr und um acht Uhr abends gespielt, ab und zu gab es dann noch Auftritte in verschiedenen sehr vornehmen Clubs und bei der BBC Television. Alles live, da gab es noch kein Playback, da konnte man nicht schummeln, da musste jeder Ton sitzen.

Das Klima, die Vorstellungen machten mir zu schaffen, diese Anstrengung, und das jeden Tag, außer sonntags.

Sonntags machte ich es mir gemütlich, ging in ein Cinema, kaufte vorher Fish and Chips, die Beine legte ich auf die vordere Lehne, das Cinema war ja fast leer, und sah mir gleich zwei Filme hintereinander an – wonderful – die Füße in warmen Boots, keine hohen Hacken, so schön kann ein Sonntag sein.

Montags wieder der gleiche Trott. Wie lange schaffe ich es noch? Die Arbeitsbewilligung für Ausländer lief auch bald ab. Das waren so meine Sorgen …

Zurück nach Wien? Was soll ich da? Es musste einen Ausweg geben, und den gab es auch. Ich musste einen Engländer heiraten und mich von Edi scheiden lassen, ein grauslicher Gedanke.

Die Agentur veranlasste alles, ein Lord musste her, der alles hatte, nur kein Geld. Man fand ihn, er war das schwarze Schaf einer angesehenen Familie, und Frauen mochte er nicht, ich meine damit, er war schwul … O. k.! Cash bei der Marriage, den Rest bei der bald darauf folgenden Divorce – Edi war einverstanden, weil er mir und meiner Karriere nicht im Weg stehen wollte, heute sag ich: scheiß auf die Karriere! Er nahm alle Schuld auf sich, ich verzichtete auf Abfindung und Alimente.

Die Scheidung ging in meiner Abwesenheit ohne Komplikationen über die Bühne. Ich war frei und todunglücklich!

War es das wert, dem einzigen Menschen, der mich wirklich so selbstlos liebte, das anzutun, ihn so zu verletzen?

Kein Heim, kein Zuhause mehr zu haben, ins Bodenlose zu fallen?

Ich weiß, ich war eine Besessene mit viel zu vielen Träumen und Hoffnungen. Zum Schluss steht man mit leeren Händen da, man hat alles verschenkt, hat das Glück nicht begriffen, nicht erkannt, es versäumt, die Wirklichkeit wahrzunehmen.

Eine Närrin!

Es hat keinen Sinn und führt zu nichts, darüber nachzudenken. Unser Lebenslauf ist uns von Geburt an bestimmt.

Nun war ich ein „English Subjekt", eine Missis! Smashing – wie wir Engländer sagen. Nach einem Jahr kam die Hiobsbotschaft! „Passport to Paris" wurde abgesetzt. Für die neue Revue wurden andere Typen, neue Stars gesucht. Nun blieb mir nichts anderes übrig, als die Music Halls in ganz England abzuklappern, solange noch mein Name einen Klang hat, ein Anziehungspunkt ist, um für volle Häuser zu garantieren.

Music Hall

In Music Halls zu spielen ist kein Honiglecken, überhaupt für eine Frau allein, die Strapazen sind schwer zu bewältigen. Es treffen sich Menschen, die sich nie vorher gesehen haben, und bilden eine Woche eine Einheit. Es ist kein durchgehendes Programm, keine Handlung, ein Mischmasch von Darbietungen. Jeder bringt, so gut er kann, seine Nummer, man ist isoliert, auf sich selbst angewiesen.

Die Fahrt mit dem Zug war keinesfalls langweilig. Sonntags reisten fast nur Artisten in der verbilligten ersten Klasse. Berühmtheiten wie Vivian Leigh, Vic Olivier, die ganze Shakespeare Company, Zauberkünstler, Sänger, mit einem Wort ein lustiges Völkchen, das amüsant war und mit seinen Erfolgen prahlte. Am Ziel in einer mir unbekannten Stadt angekommen, musste ich zuerst meine zwei riesigen Schrankkoffer im Taxi verstauen lassen. Die Taxis waren neben dem Fahrersitz offen, damit man diese Ungetüme, mit denen man damals reiste, befördern konnte. Die Unterkünfte, von London aus reserviert, waren nicht immer die besten. In einem solchen Falle kam mir der Taxifahrer zu Hilfe und brachte mich in ein Boarding-house. Das waren zum Teil entzückende Landhäuser mit Bed and Breakfast und wenn man wollte auch einem Dinner. Ich wollte. Nach dem Dinner saß ich dann oft in der Halle am Kamin und unterhielt mich bei einem Glas Whisky mit normalen netten Menschen, keinen Künstlern. Der Taxifahrer brachte mich jeden Abend in die Stadt und wieder zurück, nachdem ich vorher mit

ihm ordentlich um den Preis gehandelt hatte, keine englische Art, aber da war ich wieder die Ausländerin.

Müde von den Strapazen, frierend, mit geschwollenen Füßen, kam ich in meine Bleibe, ersuchte um eine Tasse heißen Tee. Meine Bitte wurde mit Verwunderung aufgenommen. Mit freundlichen Worten wie: „Sorry, no teatime, erst um five-o'clock", um 5 Uhr nachmittags, wurde ich abgespeist. Frustriert und so frisch wie ein Fisch, der von gestern übrig geblieben ist, legte ich mich ins feuchtkalte Bett. Ich konnte schon von Glück reden, wenn ich heißes Wasser für meine Wärmflasche bekam, die ich wohlweislich immer mit hatte.

Montags hatte ich Probe mit dem jeweiligen bodenständigen Orchester. Auf der Bühne herrschte ein wildes Chaos, Kulissen wurden zurechtgeschoben, Requisiten ausgepackt. Inspizient, Beleuchter und Bühnenarbeiter schrien durcheinander, und da sollte ich noch proben?!

Das Orchester war eine Katastrophe, es war zum Davonlaufen, eine Zirkusmusik, der Frühlingsstimmenwalzer viel zu schwerfällig; ich stampfte mit dem Fuß auf, um den Rhythmus anzugeben. Es war viel zu laut! Kein Elan, zu abgehackt, zu langsam …

Mein Gott, ich hatte keine Luft mehr, um die Koloraturen zu singen …

Recht und schlecht rauften wir uns zusammen; ich betete zu Gott, dass es am Abend gut gehe.

Das Theater war ein Cinema, riesige, alte, dunkle Bauten, ungemütlich grelle, weiße Scheinwerfer …

Keine Theateratmosphäre, eben ein Kino – kalt und unpersönlich. Die Leute tranken während der Vorstellung ihr Bier im Foyer, kamen und gingen in den Zuschauerraum, wann sie wollten, Tür auf – Tür zu … Das war nicht meine Welt …

Die Vorstellungen waren immer ausverkauft, die Menschen standen Schlange vor der Kasse, manche hatten auch Klappstühlchen mit und warteten geduldig, die Ladys strickten oder stickten, und die Gentlemen lasen im Stehen ihre Zeitungen.

Das ist es, was mir an den Engländern so imponiert – ihre Geduld und ihre Höflichkeit!

Edinburgh

Edinburgh, es war kalt und sehr windig, ich spazierte vor der Vorstellung, beeindruckt von den vielen alten Steinbauten, durch die Princess Street; die Burg und der Calton Hill waren von der untergehenden Sonne beleuchtet. Eine schaurig-schöne Landschaft. Am Bühneneingang sagte der Portier etwas zu mir, ich verstand kein Wort, obwohl ich mir einbildete, ganz gut Englisch zu sprechen – natürlich mit französischem Akzent, nicht zu vergessen.

Nun mein Auftritt, in einem Medaillon stehe ich mit einem Schirmchen und Hütchen als lebendes Bild – so Alt-Wien, so richtig kitschig, aber das lieben die Leute. Der Begrüßungsapplaus will nicht enden, ich verbeuge mich und deute an, dass ich etwas sagen will, bevor ich singe. Es ist ganz ruhig geworden, man wartet gespannt, was ich nun sage.

Gerührt sage ich: „Ladies and Gentlemen, ich danke herzlich für so viel Sympathie, die Sie mir entgegenbringen. Ich bin sehr glücklich, hier in England zu sein."

Pfeifen, Gejohle, Vorhang runter, ich stehe erstarrt da, Damen vom Roten Kreuz wollen mich in meine Garderobe zerren, ich gehe nicht. „Was ist los?", frage ich. Da sagt die Rotkreuzschwester: „My Dear! Sie sind nicht in England, hier ist Schottland." Ein nicht verzeihlicher Fauxpas. „The Curtain up", schreie ich und stehe da, ganz ruhig, bis es den Leuten zu blöd wird weiterzuschreien. Ruhig sage ich: „Ladies and Gentlemen, Sie

AUSTRIAN SINGER'S DEBUT

MAKING her debut in an English variety bill—at the Palace Theatre, Huddersfield—is a vivacious Austrian singer who won the hearts of the men of the Eighth Army during a post-war tour of Europe and the Middle East.

She is Josette Adrienne, a blonde, whose strong and likeable personality quickly determined that her first appearance on a British stage was destined to be a success. Josette readily recalled the charms of her native Austria—she was born in Vienna, city of music and dance— when an "Examiner" reporter interviewed her after last night's show.

Having played leading roles in forty-two operettas in Austria and broadcast from the Continent in English, Austrian and French, her songs were soon entertaining the first Allied troops to march into Vienna.

SUCCESS

Josette, however, was whisked away to the Middle East. There she had the chance to do the work which she liked best—singing in the Army hospitals and bringing melody and cheer to men of isolated units of the victorious Armies.

She is happy in England, but she has one regret. Her dog, Chappy, had to be left in Austria. Not only does Josette miss her companionship but, as she said with a smile, "She used to join with me in my practice numbers."

Good news for her is that Chappy may rejoin her in London next month.

In October Josette will make her bow in television and radio when she figures in the "Variety Band Box" programme.

müssen mir schon verzeihen, aber ich bin – EIN BLOODY FOREIGNER. I'm very sorry, but ich liebe Schottland."

Stille – dann Applaus. Ich singe den Frühlingsstimmenwalzer …

Ein Engagement in Brighton im Grand Theatre war einer der Lichtpunkte meines Englandaufenthaltes. Ein mondäner Badeort, ein aufmerksames, sehr vornehmes Publikum. Sonntags sang ich am Pier, die Menschen lagen in ihren Liegestühlen oder sie nahmen den five-o'clock tea ein, hörten meine Stimme, die durch viele Lautsprecher übertragen wurde. Natürlich nur, wenn schönes Wetter war, leider war das nicht allzu oft der Fall.

Nichts stimmt so traurig wie ein Seebadeort, wenn es regnet. Kein Mensch im Nebel zu sehen, die Wellen überschwemmen die Promenaden, nur das Nebelhorn des Leuchtturms ist ganz leise zu hören, und das Brausen des aufgewühlten Meeres übertönt alles. Es ist unheimlich, eine Kulisse für einen Edgar-Wallace-Film.

Bei diesem Klima hatte ich immer Angst, mich zu erkälten und heiser zu werden. Absagen war unmöglich, also nahm ich Aufputschmittel, und weil es dann so gut ging, nahm ich sie immer öfter. Mit Schrecken wurde mir klar: Ich bin süchtig! Wenn ich so weitermache, ist das der Anfang des Abstiegs, das Ende meiner Karriere, und wozu das alles?

Koffer einpacken, auspacken! Durch dieses Zigeunerleben komme ich nicht weiter, bleibe kein Star.

In Hall entdecke ich ein altes, vergilbtes Plakat: Richard Tauber – The greatest Singer from Vienna – Austria …

Richard Tauber, der begnadete Sänger, ein Weltstar, wie haben ihm die Menschen zugejubelt; dann kam das Aus, nicht arisch … Der strahlende Stern verblasst und geht unter, von seinen Freunden schmählich im Stich gelassen …

Ich habe genug von diesen sinnlosen Strapazen, vom Reisen, vom Smog, der Feuchtigkeit, von England …

Ich will in die Sonne, in die Wärme, koste es, was es wolle. Meine SOS-Rufe nach London wirkten. Ich bekam ein Engagement in Madrid. OLÉ! – auf nach Spanien …

Madrid

Das Flugzeug landete in Madrid „Barajas“, bei strahlender Sonne und azurblauem Himmel. Journalisten, Fotografen und eine Menschenmenge erwarteten mich schon. Eleganten Schrittes, mit meinen Bleistiftabsätzen, stelzte ich ganz ladylike, verkrampft lächelnd, winkend die Gangway hinab. Da – ein unerwarteter kalter Windstoß, mein Hütchen aus Pepita mit Kirschen, eine

Ankunft auf dem Flughafen Madrid am 1. April 1951.

Kopie von Prinzessin Margarets Hütchen, flog im hohen Bogen davon. Die ganze Meute, so wie auch ich, preschte hinterher.

Eigentlich war es sehr komisch, doch bei Gott kein Auftritt für einen großen Star. Fand ich – aber es kam noch schlimmer: Mein Haarteil, mein Pepi, löste sich auf und hing herunter. Meine „Bellezza" war dahin, ich kam mir vor wie die Eliza in „My fair Lady". Verdutzt stand ich da, alle Blicke waren auf mich gerichtet; da fing ich verschämt und hysterisch ganz leise zu lachen an, dann immer befreiter, und, o Wunder, man applaudierte und lachte, die Situation war gerettet, ich streckte weit meine Arme aus und rief: „Evviva España!"

Ein kleines Männchen schoss auf mich zu und rief aufgeregt: „Impresario!" Dabei umarmte er mich stürmisch. Dass die Spanier viel Temperament haben, wusste ich, aber dass sie so klein sind, war für mich eine Enttäuschung. In den Hollywoodfilmen sind sie immer groß und elegant. – „Matadores"!

Grotesk mit den Händen um sich fuchtelnd, im mörderischen Tempo quasselnd, packte er meine Koffer und zog mich zu einem Auto. Ich wollte protestieren, aber was soll's, er verstand mich doch nicht. Also gab ich nach und stieg ein. Während der Fahrt zeigte er mir Plakate mit meinem Bild, darunter stand „La exquisita cantante Inglesia".

Nun denn, so fuhr die „Exquisita cantante inglesia" mit ihrem Impresario in ein sehr schönes 5-Sterne-Hotel. An der Rezeption sprach man Französisch und übersetzte mir das Wichtigste. „Si, comprende", sagte ich mit mei-

PARRILLA RECOLETOS

LA exquisita cantante inglesa Josette Adrienne se presentará por primera vez en Madrid en la elegante Parrilla de Recoletos. Josette, una de las primeras figuras europeas de la melodía moderna, viene precedida de una brillante aureola de éxitos conseguidos en las mejores salas de Londres, donde destacó poderosamente su fina personalidad y magnífica voz.

nen paar Brocken Spanisch, die ich voraussehend gelernt hatte. Die Proben fangen morgen an, Interview um vier Uhr im Radio, aha!, ein spanisches Lied musste ich mit einem „Director de orquesta" einstudieren … Gracias, hasta la vista!

Man brachte mich in meine Suite, ich warf mich aufs Bett, atmete tief durch, ich musste erst diesen ganzen Rummel verdauen und dann „buenas noches …!"

Am nächsten Tag gehe ich in die Stadt; ich will mir einen Pullover kaufen, da es gegen meine Erwartungen ziemlich kalt ist. Aber daraus wird nichts, die Geschäfte sind alle geschlossen. Im streng katholischen Spanien findet gerade die „Semana santa" statt. Die heilige Woche vor Ostern. Frauen gehen nur schwarz gekleidet, mit Schultertüchern, manche sogar verschleiert, auf die Straße. Den Rosenkranz in den Händen haltend, den Kopf gesenkt, murmeln sie so vor sich hin.

Mich, als schick gekleidete Blondine, stuft man in die Kategorie der Damen der käuflichen Liebe ein, macht mir die unverschämtesten Angebote und kneift mich in den Po, der schon ganz blau ist. „Yapa, yapa!", flüstern diese geilen Böcke.

Ich gebe muchos dineros für die Taxis aus.

Zeitungen bekommt man nur spanische und eine Züricher mit den Aktienkursen.

Nie in meinem Leben hab ich mich so einsam gefühlt wie in Madrid.

Die Proben beginnen, Gott sei Dank!, sonst wäre ich noch durchgedreht.

„Parrilla Recoletos“ ist ein topeleganter, vornehmer Nightclub, um 12 Uhr nachts beginnt die Revue. 20 junge, langbeinige, blonde schwedische Tänzerinnen eröffnen das Programm. Sie werden von einem Drachen als Ballettmeisterin beaufsichtigt, die sie streng unter ihren Fittichen hat. Moral wird ganz groß geschrieben … Ein privater Kontakt zum Publikum ist tabu. Da sitzen sie jeden Abend und starren sabbernd auf die Bühne, in ihren Abas, die schwerreichen Araber. Sie schicken die teuersten Geschenke mit Einladungen auf die Bühne …

Der Höhepunkt des Abends ist das „Ave Maria“. In einem eng anliegenden schwarzen Samtkleid singe ich es mit Tränen in den Augen. Es ist ein Gebet, ein Hilferuf! Im Finale bringe ich dann mein neu einstudiertes spanisches Lied. – Im Sambarhythmus um mich schwirrt das Ballett, bei dieser Schnelligkeit vergesse ich den Text und dann auch noch die Schritte – „un Caramelo no es de Limon“ oder so ähnlich, das Publikum reißt es von den Stühlen, und sie rufen begeistert: „Yapa, yapa!“

Nun häufen sich die Angebote – Paris, Brüssel und schließlich Amsterdam.

Amsterdam

Amsterdam ist für mich eine der schönsten und eindruckvollsten Städte, in denen ich engagiert war, mit seinen vielen Grachten, auf denen Hausboote liegen, den kleinen gebogenen Brücken, der romantischen Altstadt mit den vielen Pleinchens, Plätzchen und Straßencafés, wo man „een kopje Café" trinken konnte oder vielleicht einen Genever.

Das Künstlerviertel, wo sich Schwule und Lesben ungeniert zu ihrer Veranlagung bekennen. Keinen stört es.

Der Rembrandtsplein mit dem Hotel Schiller; Kabaretts, Nachtlokale und Bordelle sind die Anziehungspunkte der Touristen, auch der Vorbugwal, da sitzen die Damen in großen Fenstern, halbnackt, wackeln mit den Brüsten, um die Männer einzuladen – und das mitten im Zentrum der Stadt …

Hat man Lust auf Kultur, geht man ins Reichsmuseum oder zum Konzert des berühmten Amsterdamer Symphonieorchesters oder zu einem Ballettabend. Es ist ein turbulentes Gedränge auf den schmalen Straßen, enge Gehwege und die Straßenbahn erschweren das Weiterkommen. Ein Mischmasch von Rassen, die Menschen aus den ehemaligen Kolonien, Emigranten aus aller Herren Länder, viele Wiener, die nach ihrem Exodus euphorisch begeistert sind, wieder in „Old Europe" zu sein. Das Judenviertel mit der alten Synagoge ist vollkommen ausgebrannt und zerstört. Was für ein sinnloser Wahnsinn! Gedenktafeln an den Häusern weisen darauf hin, dass an dieser Stelle soundso viele Juden und Widerstandskämpfer erschossen wurden. Ich schäme mich, deutsch zu reden, der Hass ist noch zu groß. Ich könnte noch so viele Zeilen schreiben, aber das würde den Rahmen sprengen.

Abends trifft man sich im Wiener Café, falls man noch einen Platz bekommt. Ein internationales Programm wird da geboten. Viele berühmte Künstler treten da auf, wie z. B. Kammersänger Friedrich, um nur einen zu nennen. Durch das Programm führt ein gewisser Herr Fritz Muliar. Wir gehen öfter zusammen aus und fahren durch die Grachten. Freunde von mir, holländische jüdische Familien, laden uns in ihrer gastfreundlichen Art zum Essen ein. Gefüllter Fisch, Leberlachs, Mazesknödel – eine Delikatesse! Fritz ist ein sehr amüsanter Unterhalter, man hat ihn gern, zumal er den Anschein erweckt, selber jüdischer Abstammung zu sein. Da kann ich nur sagen, man richtet sich es halt so, wie der Wind gerade weht.

Ich fühlte mich sehr geehrt über die Einladung, bei einem Benefizkonzert im Vondelpark mitzuwirken …

Die Königin mit Gefolge war auch angesagt. Nikolas Kruse, ein Unikum in der holländischen Gesellschaft, holte mich persönlich ab. Er war der Besitzer der teuersten und berühmtesten Restaurants von Amsterdam. „The Black Sheep", „The Five Fly's", „The Single" sind weltbekannt, alles im alten holländischen Stil eingerichtet. Wenn man Lust hatte, konnte man sich auf den Stuhl von General Eisenhower setzen oder sonst einer berühmten Persönlichkeit. Kleine Schildchen wiesen darauf hin.

Also, wie schon erwähnt, Nikolas holte mich ab: in einem offenen Oldtimer, der ratterte, knallte und rauchte; ich befürchtete, er fällt zusammen. Dieses Vehikel passte zu ihm. Er war sehr lieb, ein guter Freund, aber schon sehr verrückt. Schon sehr!

In meiner Garderobe ist es eiskalt; man bringt mir ein kleines elektrisches Öfchen. Mein Auftritt – 30 Meter Tüll verhaspeln sich am Öfchen – eine Stichflamme – ein Schrei – Menschen kommen gelaufen – Feuer aus – Reservekleid an, ich stehe auf der Bühne, ich weiß nicht, wie ich dorthin gekommen bin, ich singe zwei Strophen von „Wien, Wien nur du allein", in französisch, englisch, bei der dritten Strophe, in deutsch gesungen, versagte die Stimme. Meine Situation erfassend, steht der Primgeiger vom Orchester auf und spielt die Melodie. Die Tränen kullern mir herunter, ich spreche den Text, das Publikum ist ergriffen, ich am Ende meiner Kräfte, durchhalten, nicht umfallen – „ist Wien, mein Wien, mein Wien" bringe ich noch heraus. Vorhang, ich werde ohnmächtig …

Zwei Tage danach wachte ich auf, Konsul Brunner und einige Freunde saßen an meinem Bett. Ich hatte kein Fieber mehr und war anscheinend wieder o. k.

Eine Woche pausierte ich, dann, o Schreck, war meine Stimme tiefer. Ich ließ meine Lieder transponieren, der Arzt konnte mir nicht helfen, da die Stimmbänder vollkommen in Ordnung waren, es war reine Nervensache …

Es muss ja nicht der Frühlingsstimmenwalzer sein, sagte ich mir, „In Wien gibt's manch winziges Gasserl" geht auch, mit französischen Chansons eroberte ich mein Publikum.

JOSETTE ADRIENNE, de grote ster van Radio Wien, is vanaf heden te zien in „Die Zirbelstube“ van Tony Hartweger, Korte Leidsedwarsstraat 89.

Wien – Kabarett

JETZT FÄNGT MEINE GESCHICHTE ERST RICHTIG AN

Ich bekam ein Angebot nach Wien. Nach dem Sprichwort „Der Prophet gilt nichts im eigenen Land“ hatte ich so meine Bedenken. Aber die Gage war so toll, dass ich mein Widerstreben über Bord warf.

Da war ich nun in Wien und da traf ich Jaques, aber das erwähnte ich ja schon.

Als er mich zum ersten Mal auf der Bühne sah und hörte, soll er zu einem Freund gesagt haben, wenn ich noch einmal heirate, dann nur eine Frau wie die da. Erstaunlich, da er ja erst drei Monate Witwer war.

Nach meinem Auftritt kam Klein Vigo, ein Schweizer Impresario, in meine Garderobe und rief: „Sie bringe ich ganz groß in der Schweiz heraus, kommen Sie in meine Loge, wir schließen den Vertrag gleich ab!“ Ich war begeistert, die Schweiz kannte ich noch nicht, man hörte, da sollen noch Milch und Honig fließen. Na, und der Schweizer Franken war auch nicht zu verachten!

In der Loge saß ein Herr, den man mir vorstellte. Er war so um die 50, nicht ganz schlank, so ein Kissinger-Typ. Mir gefielen vor allem seine Augen und seine selbstsichere Art. Während der Verhandlungen beobachtete er mich, mischte sich nicht in das Gespräch, rauchte eine Zigarre und schaute mich an wie ein Wolf, der seine Beute wittert.

Eine schöne Frau!
Eine faszinierende Stimme!

Josette Adrienne

Nach vielmonatiger Abwesenheit können wir uns wieder in der Moulin Rouge Wien an dem bezaubernden Anblick der schönen Josette Adrienne, die uns aus dem Ausland neue reizende Chansons mitgebracht hat, erfreuen. Die beliebte Starsängerin war in der Zwischenzeit bei dem großen Eröffnungsprogramm des Delhi-Palace in Hamburg der mit einem Kostenaufwand von 1 Million DM errichtet wurde, tätig. Weitere Gastspiele wurden im Casino de Paris und in Scheveningen absolviert. In Brüssel nahm sie die Television in Beschlag. Diesmal weilte sie in London nur für kurze Zeit und trat dort im „Twenty one“ auf. In der englischen Hauptstadt ist sie in den Funk- und Fernsehsendungen der BBC sehr häufig beschäftigt. So war sie in den Roof Top Rendezvous Television-Reihe häufig zu sehen.

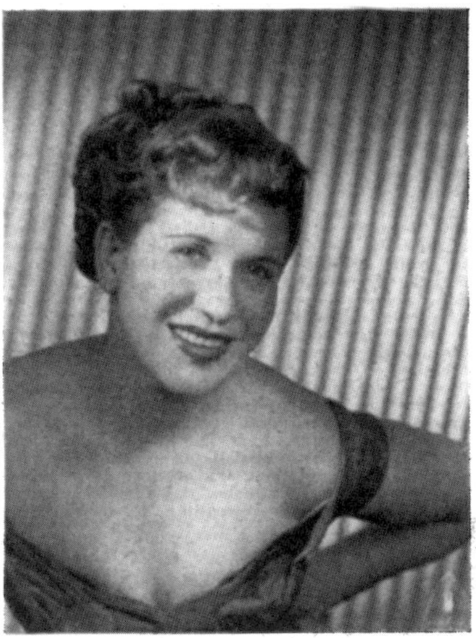

Foto Simonis gebucht PARKER

Obwohl Josette Adrienne sich in London großer Beliebtheit erfreut, weilt sie dort meist nur kürzere Zeit, da sie den Nebel aus gesundheitlichen Gründen schlecht verträgt.

Es wäre zu wünschen, daß die österreichische Schallplattenindustrie den Aufenthalt Josette Adriennes dazu benützt, um allen Plattenfreunden diese wirkliche attraktive Sängerin nahezubringen. Auch die Filmindustrie sollte sich diese Gelegenheit nicht entgehen lassen, zumal Josette Adrienne nicht nur blendend aussieht, sondern auch sehr fotogen ist.

Die begabte Sängerin macht sich ihre Texte meist selber. Ein Liedchen, das sie allabendlich in der Moulin Rouge singt — „Es muß nicht die Champs Elysee sein, es kann auch die Praterallee sein . . .“ dessen reizende Musik Karl Grell schrieb, hat das Zeug zu einem Schlager in sich, speziell dann . . . wenn eine so bezaubernde Frau es mit unnachahmlichen Charme zum Vortrag bringt wie dies Josette Adrienne meisterhaft versteht.

Nach dem Vertragsabschluss nach Ouchy, das ist in der französischen Schweiz, brachte mich sein Chauffeur, nachdem wir uns für den nächsten Tag zum Mittagessen im „Monsigneur“ verabredet hatten, mit einem Rolls-Royce nach Hause. Ich war sehr beeindruckt – vom Rolls-Royce!

Am nächsten Tag gingen wir mit Curd Jürgens und Eva Bartok essen; die beiden stritten sich, dass nur so die Fetzen flogen … Eva trug ein enges schwarzes Kleid mit einem breiten weißen Feekragen. Das Kleid faszinierte mich so … Ich ließ es mir später kopieren.

Den weißen Feekragen habe ich heute noch; er ist ein wenig gelb geworden, aber eine Erinnerung an eine glückliche Zeit.

Natürlich versuchte Jaques, mich nun mit allen Mitteln und Tricks ins Bett zu bringen, so im Lauf der Zeit …

Er lud mich nach Hawaii ein, fragte: „Liebst du Rubine?“ Das waren alles nur Fangfragen, um mich hereinzulegen. Er fragte sich – beißt sie an? Wenn ja, hätte er mich wie eine heiße Kartoffel fallen lassen. Außer Blumen nahm ich keine Geschenke an. Ein Lebemann wie er hätte mich sofort wie seine früheren Freundinnen abgebucht. Er war das Misstrauen in Person. Ein Bankier, ein Anwalt, der keine Verluste einstecken wollte. Die Anlage musste sich rentieren, musste sicher angelegt werden … Ich wusste, dass er reich war, aber nicht, dass er so reich war. Aber er wusste es, er sprach nie über Geld oder gab damit an, sowas tun nur die Neureichen und schon gar nicht ein Schweizer, der hat eher die Eigen-

JOSETTE ADRIENNE

Wenn eine Frau fünf Sprachen spricht, könnte das Entsetzen erregen, da oft eine genügt, um die Nerven eines starken Mannes zu ruinieren. Wenn eine Frau aber in fünf Sprachen singt, fühlt man sich als Mann schon mehr „angesprochen". Wenn aber diese Frau zugleich noch so reizend aussieht, wie es Josette Adrienne nun einmal tut, dann ... ja, was dann? ... Nun, wir wollen uns die Phrase von „am Boden liegen vor Entzücken und Ergriffenheit" sparen. Mit Geschwätz wird man dem unglaublichen Talent der unter ihrem Künstlernamen verkappten Wiener Baronesse von Jager nicht gerecht. Die melodische Stimme und ihre Vielseitigkeit haben Josette zu einer besonders begehrten Revuesängerin der westlichen Welt werden lassen. js

schaft, knausrig zu sein, nicht hochzustapeln, eher tiefzustapeln. Kurz und gut, ich hatte den Eindruck, er hatte sich Hals über Kopf in mich verliebt. Damals war ich ja wirklich eine Schönheit – blond, schlank, attraktiv. Er erkundigte sich über meine Familie, er wollte mit mir nicht reinfallen. Der schlaue Fuchs … Und das kleine dumme Gänschen, wie ich heute weiß, verfiel ihm mit Haut und Haar.

Er versprach, mich in Ouchy zu besuchen – und das war's im Moment.

Fortsetzung folgt – oder auch nicht?!

Ouchy

Ein gepflegter, mondäner Badeort. Um Mitternacht hatte ich einen Auftritt im eleganten Palacehotel. Den ganzen Tag hatte ich Zeit für mich. Schlenderte auf der Seepromenade, ließ meine Seele baumeln, erholte mich. Ich war mit meinem Leben zufrieden, hatte keine Zukunftsängste mehr, denn Jaques rief mich jeden Tag an, war so besorgt, sandte mir meine Lieblingsblumen, Kamelien. Über so viel Fürsorge war ich richtig gerührt, und so peu à peu verliebte ich mich in ihn. Ich hatte schon immer einen Vaterkomplex, junge Männer sagten mir nichts, ich musste zu einem Mann aufschauen können, ihn bewundern und mich sicher bei ihm fühlen.

Als er mich beim nächsten Anruf fragte: „Spatzi, willst du mich heiraten?“, sagte ich: „Ich bin doch noch verheiratet.“ – „Isch guat, das werde ich schon regeln … Auf Wiederluaga in Zürich!“

Zürich – Television

Damit ich endlich nach Zürich komme, um seine Verwandtschaft kennen zu lernen, hatte er ein Gastspiel im Bernhard-Theater arrangiert. Ich war hocherfreut über das Angebot, da der Abend im Schweizer Fernsehen live übertragen wurde. Ich wohnte im Hotel du Theatre, nicht in seiner pompösen Villa.

Am Abend trug Cissy Kraner, geschmacklos wie immer angezogen, von ihrem Mann Hugo Wiener am Klavier begleitet, mit großem Erfolg „Aber der Novak lässt mich nicht verkommen" vor.

Danach mein Auftritt, in einem Traum von Kleid, weißer Tüll, ein besticktes Seidenmieder, kein Schmuck, die Haare hochgesteckt, eigentlich sah ich wie eine Braut aus. Ich sang „La vie en Rose" – tosender Applaus!

Während ich mich verbeugte, sah ich ins Publikum, ich wollte die zukünftige Verwandtschaft sehen, Jaques hatte sie ja eingeladen. Mir stockte der Atem, in der ersten Reihe keine Reaktion, die Hände lagen im Schoß, ein Eishauch überwehte mich, versteinerte Gesichter – ich konnte ihre Gedanken lesen: Da ist sie, die Schickse, die er heiraten will, die ist viel zu jung. Was werden Marion und Peter dazu sagen? Die hat es doch nur auf sein Geld abgesehen. Da fiel mir ein jiddisches Sprichwort ein, es ist eigentlich ein Fluch: „Du sollst sein der einzige Bruder in der Familie, der Geld verdient!"

Ich schwebe auf Wolken →

Es dröhnte in meinem Kopf, ich fühlte mich als Zielscheibe, wann fällt der erste Schuss? Ich lief in meine Garderobe, zog mich um und floh durch die Hintertür …

Diese Blicke, dieser Hass, ich war verzweifelt. Die Familie hält zusammen, Brüder, Schwestern und, am schlimmsten, die Kinder – alles ist vorbei. Was verlange ich denn vom Schicksal? Geborgenheit, Sicherheit, ein Zuhause mit einem Mann, der mich liebt, für mich immer da ist, mich verwöhnt … In diesem Moment war mir das Theater vollkommen wurst, meine Karriere schnuppe …

Das schöne Leben, das ich mir erträumte, alles futsch, aus, fini …

Ich habe alles versaut, ich hätte nicht nach Zürich kommen sollen, ich hätte es ja wissen müssen, dass seine Familie so reagiert. Kopflos taumle ich an der Limmat auf und ab, völlig verloren. Es fängt zu regnen an, ich spüre es nicht, meine Sinne sind tot, ich wollte, ich wäre es auch …

Schließlich gehe ich ins Hotel, ich will gleich meine Koffer packen und nur weg von hier. Ich öffne die Tür, da sitzt Jaques in der Halle, einen großen Regenschirm in der Hand. Er sieht mich, und wie ein Automat sagt er: „Ich hab einen Regenschirm, Spatzi …“ Wie ein kleiner verlassener Bub sitzt er da … Ich laufe auf ihn zu, mitten in der Halle stehen wir beide und halten uns umschlungen – minutenlang, es ist egal, was die Leute denken. Er löst sich langsam aus der Umarmung, räuspert sich und sagt mit energischer Stimme: „Morgen fahren wir nach Berlin, ich leite die Scheidung von deinem Engländer ein, und dann wird sofort geheiratet. Ischt guat?“ Manches Mal redet er Schwizer-Dütsch, ohne es zu bemerken.

Ich schwebe auf Wolken, die Sonne scheint wieder.

Das war, so sagen wir, eine Sternstunde meines verpfuschten Lebens.

Silvester, Berlin.

Scheidung – England

Eine Scheidung nach englischem Recht ist sehr kompliziert und kostspielig, aber mit Glück hat es Jaques geschafft. Ich wurde geschieden. Nun musste ich sechs Monate ein tadelloses Leben führen, bis die Scheidung gültig war. Mutti und ich flogen nach Dubrovnik. Sie hatte nun die Gewissheit, dass ihre Tochter, wie man bei uns sagt, gut versorgt ist. Das stimmte sie milde, und wir kamen ganz gut miteinander aus.

Die Aussteuer besorgten wir in Rom, in der Via Appia, wohnten beim Hasler gleich bei der Spanischen Treppe, dann ging es nach Wien zum Adlmüller und zur Susi. Die damalige Freundin vom Hermann – das ist der, der immer sang „Ein kleiner Bär mit großen Ohren" – entwarf die zauberhaften Hüte für die Hochzeitsreise.

Jetzt ging's in die Arme von Jaques, der in Berlin schon sehnsüchtig auf mich wartete.

Berlin

Ein trauriger Anblick, eine zerschundene, verwundete Stadt. Alles in Schutt und Asche. Frauen und Männer mit ausgemergelten Körpern räumten die Steine der Ruinen auf, warfen sie in Handkarren. Soldaten ohne Rangabzeichen, das Symbol der Kriegsgefangenenlager am Rücken, halfen ihnen dabei.

Ein trostloses, mich erschütterndes Bild, zumal ich ja Berlin vor den Bombardierungen kannte. Russen, Tommys, Amis, Franzosen sausten, sich ihrer Macht bewusst, im Jeep durch die Straßen, schwerbewaffnet. Überall nervös um sich schauende Männer, die auf dem Schwarzmarkt Zigaretten, Kaffee, Seidenstrümpfe usw. verkauften, sich dabei ängstlich nach der Militärpolizei umschauend.

Jaques, als „Financial Adviser von Amerika", hatte sehr viel zu tun. Berlin musste wieder aufgebaut werden.

Endlich die Hochzeit im Kempinsky, Trauzeuge war Willi Brandt und noch ein Senator.

Eine halbe Stunde vor der Trauung kam ein Anwalt zu mir und brachte einen Ehevertrag. Die Hochzeit wäre fast geplatzt, Jaques, der schlaue Fuchs, hatte sich im Falle einer Scheidung abgesichert. „Ich soll das unterschreiben?", sagte ich empört. Es war eine kalte Dusche für mich.

Ohne Geld bist du gekommen, ohne Geld kannst du gehen!

„Gut, ich heirate nicht“, sagte ich. Damit hat der Anwalt nicht gerechnet. Wir einigten uns dann auf eine geringe Abfindung! Man hatte mich reingelegt …

Mit gemischten Gefühlen ging ich dann zur Trauung.

Frau Mohr schenkte mir einen entzückenden schwarzen Minipudel – ein süßer Kerl, am liebsten hätte ich ihn auf die Hochzeitsreise mitgenommen.

Ich nannte ihn Dobi, da er vom Präsidenten der **D**amen**o**ber**b**ekleidungs**i**ndustrie war. Ich hätte ihn auch Mohrli nennen können. Der kleine Racker hat mich überall hin begleitet und wurde 17 Jahre alt.

Palm Beach

Unsere Hochzeitsreise werde ich wohl nie vergessen, so viele verschiedene Eindrücke, die ich verarbeiten muss. Wie eine Prinzessin komme ich mir vor, so viel Luxus, von dem man im armen Europa nur träumen kann. Das Hotel „White Hall" ist wie ein Museum amerikanischer Geschichte. Ich bin hingerissen von dem Flair der großen, weiten Welt.

Mein Mann ist ein Bewegungsmuffel, ich muss laufen, spazieren gehen, alles erkunden. Es ist ja so neu für mich und aufregend. Am Strand ohne Schuhe laufen, sich in den Sand legen – wonderful! Aber das schickt sich hier nicht, das ist zu gewöhnlich. Man fährt mit dem Car in den Sunclub, lässt sich massieren, maniküren, pediküren, steigt ganz vorsichtig ins Wasser, um die Frisur nicht zu beschädigen. Setzt sich einen großen Hut auf, damit die Sonne nicht in das Gesicht fällt, das ruiniert die Haut. Mein Gott, ich bin nicht so wie diese aufgetakelten alten Hennen, mit ihren wulstigen Fingern, an denen große Diamanten blitzen, die die Ketten um den Hals nicht ablegen, damit man die Runzeln nicht sieht.

Alles ist so very nice, beautiful, lauter flaches Geplänkel, Gekicher, es geht mir auf die Nerven. Und was tut mein Mann? Er sitzt gemütlich im Schatten, genießt seine Zigarre, diskutiert mit Politikern und Geschäftsmännern, oder er spielt Bridge und trinkt Whiskey!

Ich bin mir selbst überlassen und langweile mich. Ich überrede Jacques, mit mir in die Bar zu gehen, es spielt

dort eine tolle Band. Jaques tanzt ungern. Ein junger Mann kommt zu unserem Tisch und fragt Jaques höflich, ob es erlaubt ist, mit der Missis zu tanzen. Jaques sagt „bitte“ und gibt ihm ein paar Dollars. Ich bin schockiert – ein Gigolo. Viele Studenten verdienen sich, um das Studium zu finanzieren, Dollars als Kellner, Playboys und Tänzer. Stellen sich auch gelegentlich den älteren Damen zur Verfügung, in jeder Beziehung. Meistens sind es steinreiche Witwen, die sich ihre Jugend mit Affären jugendlicher Lovers zurückholen wollen.

Da spüre ich zum ersten Mal, dass man nichts im Leben umsonst bekommt, man muss für alles bezahlen. Und ich rede mir ein, ich bin glücklich …

New York

Wir flogen auf einen kurzen Trip zu Jaques Tochter Marion, wohnten im Plaza, kutschierten mit einem Fiaker durch den Central Park, gingen in die Met, kauften bei Tiffany eine goldene Abendtasche. Es war ein Rausch des Einkaufens, ein Ersatz für so vieles andere …

Marion mochte mich sofort oder sie tat wenigstens so. Eine schlanke, bildschöne Blondine, Daddys Liebling. Sie freute sich, ihren Daddy so aufgeschlossen, so jugendlich und gut gelaunt zu sehen.

Aus einer Bemerkung entnahm ich: sie wusste vom Ehevertrag. Sollte sich Daddy doch amüsieren, wozu ihm den Spaß verderben! Die Hauptsache ist doch, das Geld bleibt in der Familie, und die lieben Enkelkinder sind versorgt!

Irgendwie hatte ich das Gefühl, eine Leihgabe zu sein, die man nach Gebrauch wieder retourniert. Ich verließ New York in einer jämmerlichen Verfassung und sah die Welt nicht mehr durch eine rosarote Brille.

Von Mister Sonnabend, ich nannte ihn im Geheimen „Mister Schabbes", wurden wir nach Kuba, in sein Hotel Nationale in Havanna, eingeladen. Jaques sollte sich dort auch die Kupferminen anschauen.

Reserviert verabschiedete ich mich von Marion und noch einigen – mir nicht sehr wohlgesinnten – Tanten und war froh, mit Jaques wieder allein zu sein, und irgendwie hatte ich das Gefühl, er war es auch, denn er spürte die Spannungen, die aber nicht eskalierten – Gott sei Dank!

Kuba – Havanna

Es ist ein traumhafter Aufenthalt in Havanna, die schönste Zeit in meinem so abenteuerlichen Leben. Die kühlen, angenehmen Nächte nach den heißen Tagen, die man sowieso meistens im Schatten der Kokospalmen am Swimmingpool verbringt. Erst am späten Nachmittag beginnt die Stadt zu erwachen, zu leben und zu brodeln. Es ist ein unbeschreibliches Gefühl, so ganz entspannt am Hafen in einer Cafeteria zu sitzen, alles in sich aufzunehmen, den Lärm der großen Überseedampfer wahrzunehmen, das geschäftige, rege Treiben der Menschen zu beobachten. Ich denke mir, das Leben ist doch schön, es geht mir gut. Für das alles bin ich meinem Mann so dankbar. Ich berühre zärtlich seine Hand …

Straßenmusikanten kommen zu uns und spielen Volkslieder, dann eine Habanera …

Ich schließe meine Augen, höre zu und zerfließe vor Glück, ja – ich bin glücklich …

Abends dann, in dem weltberühmten Nightclub „Tropicana“ – ein Erlebnis: Girls auf der Bühne – Frank Sinatra singt – in den Bäumen Woodoozauber – mystisch, eine schwarze Schönheit beißt einem lebenden Hahn den Kopf ab – trinkt das Blut!

Mir kommt alles hoch. Jaques gibt mir besorgt einen Daiquiri und wir gehen …

In einer offenen Kutsche fahren wir ins Hotel, die frische Luft tut mir gut, der Wind streichelt über mein Gesicht. Ich lehne mich an Jaques, er legt seinen Arm um mich,

ich fühle mich geborgen. Im Hotel eine Flasche Champagner, eine wunderschöne Nacht, New York hab ich vergessen, es ist ja so weit weg …

Am Morgen wartete ein Hubschrauber auf uns, wir flogen über die Zuckerinsel, über diese faszinierende, romantische Landschaft. Ein Wunder der Natur. Ich dankte Gott, dass ich das erleben durfte, und ich dankte Gott, als ich wieder festen Boden unter mir spürte. Mir war schwindlig, ich hatte Höhenangst, mein Magen begann auch schon zu rebellieren. Rebellieren – Revolution!

Überall fühlte man schon die Unruhe, das Aufbegehren, Plakate von Fidel Castro klebten an den Wänden. Ausländer, vor allem Amerikaner, waren nicht mehr beliebt.

Diese superreichen Amerikaner benahmen sich aber auch teilweise präpotent, protzten mit ihrem Reichtum, waren arrogant und brachten ihre rassistischen Anschauungen, vor allem gegen die Nigger, zur Schau …

Die Bevölkerung war sehr arm, hatte aber eine bewundernswerte Art, das Leben zu meistern. An den Fließbändern der zahlreichen Zigarrenfabriken wurden Frauen und Kinder ausgebeutet. Die Männer drehten händisch die weltberühmten Kubazigarren. Für einen geringen Lohn gab es noch Arbeit in den Hotels, die Bezahlung reichte gerade für ein Existenzminimum. Der Stolz und das Selbstbewusstsein dieses unterdrückten Volkes waren gebrochen. Sie fühlten sich als Menschen zweiter Klasse und wurden Desperados – eine leichte Beute für Fidel Castro.

Bald nach unserer verfrühten Abreise war der Umsturz.

Wieder in Berlin

Bis die Villa im Grunewald eine neue Alarmvorrichtung mit Polizeiruf bekam, mussten wir gezwungenerweise im Hotel „Gerhus“ wohnen.

Es war eine Schande: Mit roter Farbe hatten Vandalen unser Haus mit Hakenkreuzen und Judensternen beschmiert. Fängt das schon wieder an, frage ich mich? Was heißt, schon wieder an, es hatte doch nie aufgehört … Die Mitarbeiter meines Mannes waren alle sehr kluge Köpfe, aber teilweise, durch ihre NS-Vergangenheit, Antisemiten. Sie scheuten sich aber nicht, ihrem Charakter gemäß, um das Goldene Kalb zu tanzen, Vorteile daraus zu ziehen, um wieder, wie früher, auf die Butterseite zu fallen. Jaques wusste das, er amüsierte sich darüber, er war ihnen überlegen, er schwieg, duckte sich und kassierte Millionen …

Meine Bewunderung, mein Respekt, meine Achtung zu meinem Mann waren gesunken, ich verstand ihn nicht, sein Verhalten war mir unbegreiflich.

Ich persönlich fühlte mich geohrfeigt und gedemütigt, schließlich war ich doch seine Frau!

Im Hotel fand mir zu Ehren ein Empfang statt. Sie kamen alle: Politiker, sein Freund Henry Kissinger, die Repräsentanten der Besatzungsmächte, Künstler wie Viktor de Kova, Willi Meisel, Sternberg aus Hollywood, Atze Brauer, um nur einige aufzuzählen. Natürlich waren auch viele Schnorrer da, die die Gelegenheit ausnützten, Kontakte zu suchen, um ihre gegenwärtigen finanziellen Katastrophen auszubügeln … Mit gemischten Gefühlen gab ich jedem die Hand, sagte einige unverbindliche Worte und nahm Komplimente entgegen.

In mir juckte es. Gott, so viele Möglichkeiten, um Theater zu spielen. Ich beneide sie alle. Jaques hatte mir ein eigenes Theater versprochen, aber nun, in seiner Eifersucht, war das alles Chimäre; er war der Boss, der Chef – keine Chance für mich …

Aber jetzt stellte ich mir vor, ich stehe auf der Bühne, ich spiele eine Rolle, eine Hauptrolle, die Gastgeberin! Ich hatte sie sehr gut angelegt, der Abend war ein Erfolg.

Von einer Party zur anderen, Jaques war müde, so viel Stress, so viel Ärger, zu viel Verantwortung, zu viele Zigarren und Whisky und zu viel üppiges, fettes Essen!

Fazit: seine Leber streikte. Er wurde immer gereizter, unausstehlicher. Der Professor aus Basel sagte: „Herr Präsident, Sie müssen ausspannen und eine Kur in Vichy machen.“ Dieser Satz klang wie ein Engelschor in meinen Ohren und ließ die Hoffnung aufkeimen, dass doch noch alles gut werden wird.

Vichy

Wir flogen bis Hannover, Langenhagen; durch die russische Zone zu fahren war zu riskant. Jaques hatte einen amerikanischen Pass, er war eine „Very Important Person“, und das auch für die Russen.

Am Flugplatz wartete schon unser Chauffeur und übergab mir meinen Citroën.

Ich fuhr gemütlich an der Loire entlang, vorbei an verträumten Städtchen wie Nantes und märchengleich verzauberten Schlössern. Wenn wir Lust hatten, die Fahrt für einen Imbiss zu unterbrechen, hielten wir bei einer anheimelnden, gemütlichen Auberge. Ich liebe das Essen in Frankreich, die französische Küche ist magnifique – Moules, Bouillabaisse, Crêpe Suzette, das Wasser läuft mir im Mund zusammen, und der köstliche Wein – Bordeaux, Beaujolais, Cidre …

Nach so einem üppigen Essen mietete Jaques ein Zimmer für ein paar Stunden …

Mir war das sehr peinlich. Wer glaubt schon, dass Madame wirklich Madame ist, trotz des Eheringes? Une chambre pour deux! – Certainement! Bon amusement …

Da kann ich nur sagen: „Vive la France!“

Die Luxushotels in Vichy waren antike Prunkbauten, überall hingen rote Samtvorhänge, das Telefon an der Wand wackelte und schien jeden Moment herunterzufallen, die hohen Betten knarrten und quietschten in der Nacht, was mir sehr peinlich war. Das Personal war noch alte Schule, Mademoiselle packte die Koffer aus, verstaute alles säuberlich im Kasten und ließ das Wasser im Bad ein.

So zu reisen macht Spaß!

Da waren sie nun, die Freunde meines Mannes: der alte Rothschild, der alte Neckermann mit seiner jungen Privatsekretärin, Mister und Missis Sonnabend, auch nicht mehr die Jüngsten – ein Panoptikum!

Im Kurhaus, das noch aus Napoleons Zeiten stammte, stellte der Arzt immer einen Leberschaden fest, ob man ihn hatte oder nicht hatte. Wozu kam man den sonst nach Vichy und trinkt dieses grausliche Pischiwasser?

Viele Algerier wandelten auf der gedeckten Promenade, in ihren wallenden Abas, schlürften und zuzelten geräuschvoll an den Röhrchen ihres Trinkglases. Es atmete alles eine beschauliche Gemütlichkeit aus, untermalt von leisen Klängen des Kurorchesters.

Mein Vormittag ist vollkommen ausgebucht. Heiße und kalte Wasseraufgüsse, Massagen, Vichy-Cremes und Vichy-Wässerchen werden mir aufs Gesicht gegeben, eine gatschige, breiige Masse ins Gesicht geklatscht, die so hart wird, dass man sie mit dem Meißel abschaben muss, sie soll angeblich jung machen – ein starker Café weckt wieder meine Lebensgeister.

Am Abend bin ich zum ersten Mal in meinem Leben in einem Spielcasino … Wusch! So ein Pomp, so viel roter Plüsch und Gold und so viel Geld …

Da sitzt man an dem Spieltisch. Roulette …

Der Croupier sagt an: „Messieurs, Dames, faites vous jeux! Rien ne va plus."

Man setzt – hält den Atem an, beängstigende Stille folgt, nur das Geräusch der rollenden Kugel ist zu hören. Wie ein Storch den Hals vorstreckend, verfolgt man ihren Lauf – sie hält. Die Spannung fällt, man atmet wieder ruhig, man hat gewonnen oder verloren – das Spiel geht weiter.

Endlich! Es ist wie eine Explosion, ein Vulkanausbruch, ein Orkan, eine Befreiung von diesem für mich langweiligen Aufenthalt. Ich setze so viel ich will, was ich will, es ist ja nicht mein Geld. Also: „Faites vous jeux!"

Jeden Nachmittag gingen wir nun ins Casino, ich fieberte dem Spiel entgegen …

Der arme Dobi musste in der Garderobe bleiben und heulte aus Protest Trauerarien. Doch die Franzosen sind sehr hundeliebend, was Dobi, mit seinem treuen Hundeblick, schwanzwedelnd zur Kenntnis nahm und jede Situation ausnützte, um gestreichelt zu werden.

Die drei Wochen gingen viel zu schnell vorüber, leider musste ich wieder nach Hannover fahren, das heißt, ich wollte, doch dazu kam es nicht. Auf der Landstraße vor Hannover kamen mir zwei Laster, sich im rasenden Tempo überholend, entgegen. Ich schrie: „Jaques, halt dich fest!", und geistesgegenwärtig steuerte ich den Wagen in die Wiese, die aber leider keine Wiese war, sondern ein tiefer Graben.

Durch seine Hydraulik ging das Auto wie ein Flugzeug in die Luft und landete ganz sanft – sss – Stille, da ein Stöhnen, Jaques hatte sich am Schienbein verletzt. Dobi und ich hatten einen Schutzengel, wir kamen mit dem bloßen Schrecken davon. Die Rettung brachte meinen Mann ins Krankenhaus Hannover, ich wurde ins Hotel Luisenhof gebracht.

Hannover

Auf das Schlimmste vorbereitet, mir Sorgen machend, mit einem großen Blumenstrauß ausgestattet, besuche ich Jaques im Spital. Da liegt er nun im Bett, das Bein gegipst und hochgestellt, lachend winkt er mir: „Hallo, Spatzi! Wie geht's dir?" Ich bin baff, das ganze Berliner Büro samt Privatsekretärin ist hierher verlegt worden. Sie regieren im nächsten Zimmer. Er benimmt sich wie ein eitler Pfau, lässt seinen Charme sprühen. Junge, teilweise hübsche Schwestern turteln und gackern um ihn herum. Ich finde, dass ich völlig überflüssig bin! Sie sind von ihm beeindruckt, schon wegen des so unerwartet hohen Trinkgeldes …

Nun besuchte ich Jaques jeden Tag …

Da fiel mir eine junge Schwester auf, weil sie immer mit hochrotem Gesicht aus dem Zimmer rannte, wenn ich kam …

Wollte sie sich den Goldfisch angeln? Ich bekam ein Kribbeln im Bauch und sagte: „Komisch, die rennt immer hinaus, wenn ich komme." – „Aber, Spatzi, du wirst doch nicht eifersüchtig auf so ein junges Ding sein. Sie ist ein Flüchtling aus Ostdeutschland; man muss diesen Menschen helfen. Sie ist eine ausgezeichnete Krankenschwester", sein Kommentar. „Wischt sie dir auch liebevoll den Po ab?", war meine gereizte Antwort.

Er horchte auf, diesen Ton war er von mir nicht gewöhnt. Immer kuschen, nie widersprechen, immer parat sein. Er, der Skorpion, dominant, ich die zartbesaitete Waage.

Er duldete keinen Widerspruch, wehe, man hatte ihn zum Feind. Ich gab ihm flüchtig einen Kuss auf die Wange, sagte: „Auf Wiederluaga“ und entschwebte hocherhobenen Hauptes durch die Tür. Ein bühnenreifer Abgang, nur der Applaus fehlte. Im Hotel hatte ich wegen meines theatralischen Gehabes ein schlechtes Gewissen, machte mir Vorwürfe.

Aber, oh, es ist nicht zu glauben – mein Benehmen hatte ihm imponiert, er wollte mich ja nicht verlieren, noch nicht. Er empfing mich mit Bussi hin und Bussi her. „Komm, Spatzi, setz dich zu mir, ich habe eine Überraschung für dich. Ich muss leider auf die Bühlerhöhe zur Nachbehandlung. Paul führt dich nach Wien, da kannst du bei Professor Steinbrück und Erik Werba deinen Soloabend vorbereiten. Wir treffen uns dann in Paris“, wieder ein Bussi …

Ich bin perplex, seh ihn mit verwunderten Augen an und sage: „I love you, Darling“, und das war nicht gelogen.

Wien, mein Wien!

Jetzt hielt ich Hof, ich residierte im Hotel Imperial. Die Stadt zeigte sich mir nun in einem völlig anderen Licht. Keiner konnte mich mehr treten, mich ignorieren. Ich spürte die Macht des Geldes und dass man viele Menschen kaufen kann.

Aber Geld verdirbt den Charakter, wie wahr! Es machte mir Spaß, mich zu rächen, die Menschen zu erniedrigen, es ihnen heimzuzahlen. Ich redete mir ein, sie verdienen es. Ich wurde nachtragend und sehr arrogant …

Ich lud Kollegen in die teuersten Restaurants zum Essen ein, gab ihnen Geschenke, nicht weil ich sie so liebte, nein, ich wollte fühlen, wie sie mich beneideten, wie sie auf einmal um mich herumschwänzelten und devot wurden.

Nicht alle waren so, zum Beispiel einer der größten Schauspieler, mit dem ich in meiner Anfängerzeit in Deutschland engagiert war, Leopold Rudolf, der ist immer der Gleiche geblieben, trotz seiner großen Karriere: ein hilfreicher, liebenswerter Mensch. Mit Heinz Rühmann, der auch im Hotel wohnte und gerade am Burgtheater gastierte, verband mich eine aufrichtige Freundschaft.

Mit großem Eifer und Ehrgeiz arbeitete ich nun an meinem Soloabend. Professor Steinbrück und Erik Werba gaben sich die größte Mühe und holten das Letzte aus mir heraus. Zweimal am Tag Gesangsunterricht, korrepetieren, keine zu hohen Töne, kein Risiko eingehen,

Bergerettes, Mozart, Schumann, Schubertlieder. „Meine Ruh ist hin, mein Herz ist schwer“, wie wahr, mein ganzes Fühlen, meine Seele legte ich hinein …

Ich blühte wieder richtig auf, es musste ein Erfolg werden. Meine Persönlichkeit, meine Selbstsicherheit entfalteten sich wieder. Jaques musste es endlich einsehen, die Musik, das Theater sind mein Leben, nichts auf der Welt ist wichtiger für mich. Ich habe es wirklich von ganzem Herzen versucht, aber es ist gescheitert …

Ich muss zurück zur Bühne!

Weg von der realen Welt, hin in eine Traumwelt, ins Rampenlicht!

Und keiner hat mich gewarnt – keiner konnte es verhindern!

Mitten in der Nacht kam unerwartet ein Anruf: „Spatzi, du fliegst morgen nach Paris, ich erwarte dich im George V., ich habe schon alles arrangiert, die Karten sind am Flugplatz, Abflug 15 Uhr.“

Kurz und bündig war das, ich hatte schon vergessen, dass ich immer zur Verfügung stehen muss. Gut, ich weiß, das ist so seine Art, aber seine Stimme war so kalt, die Worte so aufgesagt. Er hätte doch fragen können, wie es mir geht.

Dann sagte er aber doch noch: „Spatzi, I love you, auf Wiederluaga!“

Die Gastgeberin

Paris

Erinnerungen werden wach. Die kleinen, gemütlichen Bistros, ein Stück Käse und ein Glas Rotwein genügten, um den Appetit zu stillen. Das Essen war doch nur Nebensache …

Die kurze, intensive Affäre mit Guy, die diskreten, kleinen Hotels am Pigalle, Montmartre, l'Amour, wie man sie nur in Paris erlebt. Lächelnd denke ich an die langen Spaziergänge entlang der Seine mit dem verrückten Jean. Er war so unbeschwert, lebte sorglos in den Tag hinein, er sagte immer: „Je m'en fiche – was morgen ist? On verra …"

Wie lange ist das her, das freie In-den-Tag-Hineinleben …? La joie de vivre, passé – Vergangenheit …

Das waren so meine sentimentalen Gedanken, als ich vom Flugplatz Orly im Auto nach Paris gebracht wurde. Diese Fahrt dauerte länger als der ganze Flug. Im George V. angekommen, erwartete mich Jaques schon mit Ungeduld. Er umarmte mich stürmisch, verlangend, fordernd, küsste mich und zog mich aufs Bett.

Da lag eine traumhafte Chinchillajacke. Warum freute ich mich nicht? So ein kostbares Geschenk! Hat mich dieses Luxusleben lustlos, frigide gemacht? Kann ich mich nicht mehr richtig freuen? Erwartete er, dass ich aus Dankbarkeit jetzt sofort mit ihm schlafe? Wollte er mich mit dem Jäckchen bezahlen?

Aber geht es nicht vielen verheirateten Frauen so? Der Mann in seinem Egoismus fordert sein Recht, ohne auf die Gefühle der Frau Rücksicht zu nehmen. Ich will es nicht wahrhaben, aber alles im Leben hat seinen Preis. Voilà, bezahle …

Nach einem kleinen Erholungsschläfchen klopft es und der Zimmerkellner bringt den bestellten Café au Lait. Tänzelnd kommt er herein, schwingt das Tableau und sagt: „Madame, für Sie, der Gügelüpf." Schallendes Gelächter von mir. So schnell kann sich die Stimmung ändern.

Dann stürzen wir uns ins Pariser Nachtleben. Jaques im Smoking und ich, frohgelaunt, mit meinem neuen Jäckchen ich finde es wunderschön, das Jäckchen …

Im russischen Restaurant werde ich wie die Zarin empfangen. „Bon soir, gospodina!", sagt der als Rasputin verkleidete Empfangschef in Kosakenuniform und führt uns zu einem Tisch direkt vor der Bühne. Wo man hinschaut: Kosaken … Kosaken! Ein Balalaikaorchester spielt russische Weisen, während man Köstlichkeiten wie Kaviar, Piroggen und Borschtsch verzehrt. In meiner Verzweiflung schütte ich den Wodka nur so in mich hinein. Jaques fühlt, dass ich mich verändert habe, er spürt die Kälte, die von mir ausgeht …

Ich will es überspielen und sage immer lustiger werdend: „Nastrowje, Jaques!", und er trinkt, er säuft! Und wie! So kannte ich ihn gar nicht. Beschwipst spring ich auf die Bühne, verhalten singe ich „Plaisir d'Amour", das Orchester begleitet mich einfühlsam. Oft habe ich dieses Chanson schon gesungen, doch noch nie den Text so wahr empfunden. Das Glück der Liebe dauert nur einen

Moment, das Leid, der Kummer der Liebe ein ganzes Leben …

Die Besucher stehen auf, rufen: „Encore, encore!"

Aber mit meiner Beherrschung ist es vorbei, die sentimentale Musik – der Wodka – die Erinnerungen tragen dazu bei. Ich springe auf, laufe zur Tür und rufe: „Komm, Jaques, lass uns gehen"! dabei rinnen mir die Tränen herunter, schluchzend sage ich noch: „Bitte trink nicht soviel!" Er steht ja schon auf schweren Beinen und kann sich kaum aufrecht halten. Seine Beherrschung verlierend, nicht mehr wissend, was er tut, beschimpft er mich, wird immer lauter, man beobachtet uns, amüsiert sich. Da rastet er vollkommen aus und hebt die Hand, der Chef hält ihn zurück. Ich bezahle, und mit Hilfe des Türstehers schubse ich ihn auf die Straße.

Die frische Luft tut uns beiden gut, ich schlage vor, in einer kleinen Bar einen Café zu trinken, der uns nüchtern machen soll. Aber, o Schreck, die Bar ist voller Animierdamen … Sie stürzen sich auf Jaques … Endlich ein Kunde, der nach Geld riecht! Ein Ausländer, den man ausnehmen kann! Was jetzt geschieht, kann ich nicht glauben. Das ist mein Mann, dieser besoffene Geck?!

Der den Weibern unter die Röcke greift und sie abknutscht? Er wirft mit Geld um sich, spendiert für das ganze Lokal Champagner. Er will mich provozieren: „Da, schau, wie ich auf Frauen wirke, alle kann ich haben – die sind nicht so frigide und verklemmt wie du." Ich denke, er weiß nicht mehr, was er tut und sagt. Doch er weiß es bestimmt, er will mich blamieren!

Ich stehe auf und gehe zur Garderobe, um mein Jäckchen zu holen. Da schreit er mir nach: „Geh nur! Geh endlich zu deinen Künstlern …, den Schmarotzern, diesen Schnorrern!

Ich renne, als wäre der Teufel hinter mir her, ins Hotel. Dobi, mein Lieber, begrüßt mich an mir hochspringend. Vor Freude jaulend, hüpft er auf mein Bett, ich streichle ihn, ich bin so froh, dass er da ist, und versuche einzuschlafen.

Ein Gepolter und das Bellen von Dobi schrecken mich auf, ich laufe zum Balkon, da seh ich Jaques, völlig betrunken und johlend, mit zwei Frauen ins Hotel kommen. Es ist 5 Uhr früh …

Ich drehe das Licht ab, versuche weiterzuschlafen, ich habe keine Lust mich aufzuregen, ich bin ausgebrannt und müde.

Mittags klopfe ich an seine Tür, keine Antwort, ich öffne. Es riecht nach Erbrochenem. Da liegt er, wie ein Walross, schnarchend im Bett, den Arm um eine Frau gelegt, noch eine liegt unter der Decke, ich sehe nur einen roten Haarschopf.

Es ekelt mich alles an! Alles! Mir ist zum Kotzen …

Ich lauf angewidert in mein Zimmer, läute dem Diener, ersuche ihn, alles wegzuputzen – inklusive der Damen …

Nun denke ich nicht daran, mich in meinem Zimmer zu verkriechen. Es ist so ein schöner Tag, die Sonne scheint, ich nehme Dobi an die Leine, spaziere auf den Champs-

Élysées, setz mich in ein Bistro, trinke Kaffee, esse mit Appetit zwei Croissants.

Bei Dürer kauf ich mir noch eine sündhaft teure Tasche – Einkaufen beruhigt mich immer – ich lass mir den Tag in Paris nicht verderben, ich muss Kräfte sammeln.

Es lässt sich nicht mehr umgehen, ich muss ins Hotel zurück …

Der Concierge kommt auf mich zugelaufen wie ein flatternder Pelikan: „Madame, Monsieur sucht sie überall, er ist très nervös … Qu'est-ce qui se passe?" Ich winke ab und gehe zu unserer Suite.

Da sitzt er nun, völlig verkatert, Gott, wie erbärmlich er ist, der Casanova. Er wartet auf eine Strafpredigt.

Ich will auf ihn zugehen, aber da ist eine undurchdringliche Wand … Ich will ihn berühren, aber es geht nicht. Will ich es nicht – oder – kann ich es nicht?

Er jammert: „Spatzi, wo bist du gewesen, ich habe einen vollkommenen Filmriss – der Wodka."

Ich will antworten, irgendwie tut er mir Leid. War es wirklich nur der Wodka? Ich rede es mir ein, doch ich glaube es nicht … Versöhnlich sage ich: „Lass uns nicht mehr darüber reden."

Jaques denkt, er hat gewonnen, will mich küssen, ich wende den Kopf ab und sage: „Ich muss duschen, wir sind doch von Ari ins ‚Maxims' eingeladen. Es wird alles wieder gut, Darling." Das Darling kommt mir sehr schwer über die Lippen …

Im „Maxims“ begrüßt Monsieur Albert uns besonders freundlich, er ist der Empfangschef, ein gebürtiger Schweizer. Majestätisch schreitend, führt er uns zu einem Tisch mit rotgepolsterten Sitzbänken. Da wartet er schon auf uns, der Ari Onassis, wie immer hat er seine große, dunkle Brille auf. Er springt auf, umarmt mich, ich sage: „Hallo, Ari, how are you?“ Und das ist’s dann schon.

Die beiden Männer vertiefen sich in ein Gespräch über Marathon, die Türkei, von Hotelketten ist die Rede, mehr habe ich nicht mitbekommen.

Ich trinke meine White Lady und denke: Auf der Roseninsel Rhodos waren wir mit Ari zusammen, es war Ostern, die schönste Zeit. Am Flugplatz empfingen uns schwer bewaffnete deutsche Soldaten, ich war entsetzt. „Ist der Krieg noch nicht aus?“, sagte ich zu Ari, der lachte und erklärte mir: „Das sind nur Statisten für den Film, den die Amerikaner hier drehen, ‚Kanonen von Navarone‘.“

Abends gab es dann ein Fest mit der ganzen Crew, Jaques war ziemlich sauer auf mich, weil ich nach einigen Gläschen Ouzo Sirtaki mit Anthony Quinn getanzt habe. Für mich war es toll. Was für ein Mann!

Wo die Callas wohl ist? Die Liebe ist vorbei, sie hatte keine Chance, obwohl die beiden so gut zueinander passten. Beide Griechen, die gleiche Mentalität. Ich habe es ja in Rhodos schon geahnt, die Familie Onassis war dagegen, die Maria war ein rotes Tuch für sie.

Aber jemand mit einer Milliarde Dollar und hundert Schiffen ist nur ein kalter Businessman. Was kümmert ihn eine zerbrochene Beziehung, der ist verantwortungslos … Für diesen intelligenten, genialen Emporkömmling ist eine amerikanische Präsidentenwitwe ein Aufputz, hebt sein Prestige und sein Ansehen.

Meine Gedanken werden unterbrochen.

Das 5-Gang-Menü würge ich ohne großen Appetit hinunter. Zum Abschluss noch einen Cognac, dann Küsschen und good bye!

Jaques sieht sehr zufrieden aus, also hat das Geschäft geklappt. Im Hotel sage ich zu Jaques: „Entschuldige bitte, mir ist nicht gut, ich habe zu viel gegessen", küsse ihn flüchtig, warte seine Reaktion gar nicht ab und gehe, ohne mich umzudrehen, in mein Schlafzimmer.

Wie singt die Knef? – Ach ja: „Von nun an ging's bergab …"

Zürich II

Man nimmt alles so hin, als ob es selbstverständlich wäre: das Haus in Zürich mit Blick auf den See, das nach meinen Plänen großzügig umgebaut wurde, den Swimmingpool, den Fitnessroom, die Sauna, das Tonstudio mit allen erdenklichen Schikanen. Mein Schlafzimmer, eine Kopie vom Boudoir der Callas. Es war ein Traum aus Tüll und Spitzen! Märchenhaft! Und das alles für mich, nur für mich.

Mein Refugium, mein goldener Käfig.

„Es ist höchste Zeit, eine Housewarming-Party zu geben", meinte Jaques. Sie kamen alle: die Brüder, die Schwestern, mit einem Wort, die ganze Meschpoche. Übertrieben, in den höchsten Tönen, wurde alles gelobt, man war begeistert. „Wonderful, very nice", flöteten sie. Man duldete mich herablassend, freundlichst übersah man mich dann. Sie kamen sonntags zum Mittagessen, speisten bis zum Nicht-Mehr-Können, legten sich in die Liegestühle am Pool und blieben bis zum Abendessen. Dieses Gerede von früheren Zeiten: „Ach, Jaqui, weißt du noch?" Und das alles in Schwizer-Dütsch, ich bemühte mich, Interesse zu zeigen. Sie deigerzten über Onkel und Tanten, über die Kinder, Enkelkinder, über Individuen, die ich nicht kannte. Das Schlimmste war, dass Jaques mich nicht in das Gespräch einbezog, er war ganz Familie – weit weg von mir.

Mit einer Wut im Bauch ging ich lange mit Dobi spazieren, der zog den Schwanz ein: Sonntags hatten die Eidgenossen, die Reservisten, ihre vorgeschriebenen Schießübungen, es knallte aus allen Ecken und Enden.

Meine Stimmung war auch hochexplosiv …

Das erste Mal spürte ich eine unüberbrückbare Barriere, ich war gespalten zwischen zwei Welten, der katholischen und der mosaischen.

Diese Erkenntnis war für mich ein Schlag ins Gesicht. Der Familiensinn, die Zusammengehörigkeit der Juden ist einmalig, keine Chance für mich, eines Tages wird Jaques zu seinen Wurzeln zurückfinden, und ich werde für ihn Vergangenheit sein, abgeschoben …

Ich kam gerade zurecht, um mich vom lieben Besuch zu verabschieden, keiner hat mich vermisst, auch Jaques nicht.

Unsere Ehe schleppte sich so dahin. Es kostete mich immer mehr Überwindung, mit Jaques zu schlafen, es kam zwar in letzter Zeit nur mehr selten vor. Mein Körper wurde starr, verkrampfte sich, wehrte sich und reagierte mit unerträglichen Schmerzen! Ich erfand immer mehr Ausreden, die Wahrheit konnte ich ihm nicht sagen, ich hatte Angst davor, denn irgendwie liebte ich ihn noch.

Da war diese Nacht in Paris, die mich nicht mehr loslässt, ich will sie vergessen, aber ich kann es nicht. Immer wieder seh ich sie vor mir, diese, in sich verschlungenen nackten Körper, ich rieche sie förmlich, und Ekel steigt in mir hoch.

Mitten in der Nacht schrillte das Telefon, es war Marion, verzweifelt weinend rief sie den geliebten Daddy an: „Daddy, ich komme zu dir mit den Kindern und der

Nurse, ich lass mich scheiden, Rudi hat mich geschlagen.“

Also, wieder einmal – Scheidung, wie so oft schon. Eine Katastrophe für mich! Marion war eine verzogene, besitzergreifende Person, aber Daddys Liebling, sie war sein Abgott! Noch dazu hing sie noch immer an ihrer verstorbenen Mutter. Wir beide im gleichen Haus, das kann nicht gut gehen, mit der, sagen wir, „gleichaltrigen Stiefmutter“.

Ich wäre auf der Strecke geblieben, ausgebootet …

Ich musste weg! Aber wie, ohne Jaques zu beleidigen? Liebevoll sagte ich: „Darling, ich hab eine Idee, Marion und du haben sicher vieles zu besprechen, da würde ich nur stören, und du weißt, in letzter Zeit habe ich so oft Migräne, da würde mir ein Aufenthalt in Gstaad gut tun.“ Plumps! Ich hörte fast den Stein, der ihm vom Herzen fiel. Gleich rief er seinen Freund, den Herrn Scherzer, an und reservierte für mich eine Suite im Palace-Hotel und natürlich auch für Dobi.

Halleluja! Ich konnte mit meinem Citroën fahren, frei sein! God bless, Marion!

Gstaad

Endlich allein, losgelöst von all dem Zwang, den Verpflichtungen, dem falschen Getue. Jetzt will ich meine so kurze Freiheit ausnützen. Ich wohne im Palace-Hotel, das sagte ich schon, aber ich erwähne es absichtlich nochmals, weil ich so stolz darauf bin – unter den Superreichen, der Crème de la crème. Ich werde akzeptiert, die Missis, ich steh nicht im Schatten vom Mister …

Es ist die Welt der Partys, des Flirtens, der schönen Sprüche, die man so dahinsagt. Man ist freundlich zu mir, man nimmt mich auf, ich bin eine von ihnen.

Abends, vor dem Dinner, sitze ich an der Bar, plaudere mit Filmstars, Sportlern, Weltenbummlern, mit einem Wort: mit der High Society. Man redet sich gleich beim Vornamen an, es geht natürlich und locker zu. Keiner muss, wie bei uns, mit einem Titel den anderen imponieren.

An meinem letzten Abend ist ein großes Galadiner mit einer darauf folgenden Show. Ich habe keinen Platz reserviert, ich muss noch packen und früh losfahren. Neben mir an der Bar sitzt ein sehr attraktiver junger Mann, ein typischer Engländer in seiner ganzen Art.

Ich rufe zum Barkeeper: „Charly, bitte einen Omnibus", das ist das typische Mixgetränk im Palace-Hotel.

Da lacht der Engländer laut auf und sagt im Wiener Dialekt: „Då schau, då legst di nieder, a Wienerin!" Ich kontere und sage lachend: „Ein verkappter Wiener Engländer."

Das Eis ist gebrochen, er erzählt mir, dass er in London lebt und bei der „Times“ eine Klatschspalte hat – ein Journalist also.

Wir gehen dann mit Dobi spazieren, und er versucht mit seinem ganzen Charme, mich zu bewegen, doch noch die Revue anzusehen. Ein liebenswürdiger Charmeur, frech, kein Kind der Traurigkeit. Wenn er mich ansieht, bekomme ich ein Prickeln, ein angenehmes Gefühl, wieder begehrt zu werden. Seine Blicke ziehen mich förmlich aus, er versteht es, Frauen um den Finger zu wickeln …

Vor allem die Frauen, die von ihren Männern nicht verstanden werden, die Trost brauchen …

Es war eine wundervolle, verrückte Nacht. Ich hatte so viel nachzuholen; Sex, der Spaß macht, das Gefühl, als vollwertige Frau bestätigt zu werden. Mit jeder Faser meines Herzens habe ich diese Affäre genossen.

Am Morgen kam die Ernüchterung, panikartig nahm ich meine Kleider und huschte, mich ängstlich nach allen Seiten umsehend, in meine Suite …

Er wird sicher von mir denken, ich bin eine der zahlreichen verheirateten Frauen, die aus Langeweile für jede Art von Seitensprung bereit sind, die sogar dafür bezahlen. Womöglich ist er ein Mann, der sich in die High Society einschleicht und sich in ihrem Reichtum sonnt, der mich vielleicht erpressen will!

Ich fühle mich miserabel, habe ein schlechtes Gewissen.

Zahlt sich das alles aus, für einen One-Night-Stand so viel zu riskieren?

Wenn Jaques davon Wind bekommt, dann adieu Dior-Kleider, Schmuck und alles andere, an das ich mich schon so sehr gewöhnt habe! Dann bin ich, im wahrsten Sinne, ein armes Luder.

Ich könnte mich ohrfeigen, so viel aufs Spiel zu setzen, für etwas, was mir jetzt gar nicht mehr so aufregend vorkommt – so wunderbar – eine kleine, nichtssagende Affäre – ein Ausrutscher …

Schnell die Koffer gepackt, dem Pagen geläutet, den Dobi unter den Arm genommen, einen Scheck dem Portier gegeben, das Auto gestartet und nur weg, weg. Dobi sieht mich vorwurfsvoll an, als sagte er: „Frauli, das Lacki am Sitz ist deine Schuld."

Wieder in Zürich

In Zürich war Jaques „Prinz Charming“ in Person: „Ich bin froh, dass du wieder da bist, du siehst so erholt und jung aus. Spatzi, du bist doch die Beste.“

Diese übertriebene Freundlichkeit machte mich stutzig: Ich war die Beste, wer war die andere?

Mich mit seinem feuchten Mund förmlich abschleckend, streifte er mir ein Armband über die Hand.

„Für dich, Spatzi! Marion hat es von Tiffany mitgebracht, das hat dir doch so gut gefallen.“

Er will mich einkochen, dachte ich, er hat ein schlechtes Gewissen.

„Marion tut es so Leid, dich nicht gesehen zu haben. Sie ist zu Rudi zurück, schon wegen der Kinder.“

Das hat Daddy sicher eine Kleinigkeit gekostet, dachte ich mir …

Die Kluft zwischen Jaques und mir wurde immer größer, er merkte es nur nicht. Wir hatten ja schon immer getrennte Schlafzimmer. Wir trafen uns beim Frühstück.

Bussi – guten Morgen – gat's guat?

Kathi servierte das Frühstück, ein Gespräch kam selten zustande. Das Telefon läutete unaufhörlich.

Seine Gedanken waren bei seinen Projekten: Zentrum am Zoo, Hotel Berlin …

Und meine Gedanken drehten sich sowieso nur um mein bevorstehendes Konzert. Ich fieberte danach. In meinem Studio sang ich hektisch Skalen rauf und runter. Einmal klang es schön, dann wieder schrill! Natürlich, weil ich es so übertrieben habe, mir keine Pause gönnte.

Ich muss es schaffen, ging es durch meinen Kopf, immer wieder. Aber mit Gewalt geht nichts.

Ich bekam einen Kreislaufkollaps und einen Nervenzusammenbruch. Professor Niehaus aus Basel verordnete mir eine Frischzellenkur. Jetzt war ich gezwungen zu schlafen, tagelang ... tagelang ...

Endlich war ich wieder so weit, um nach Wien zu fahren.

Der Abend in Graz war eine beschlossene Sache. Paul fuhr mich nach Wien, sozusagen als Wachhund fungierend.

Es war wirklich lächerlich, wenn ich mit Dobi im Prater spazieren ging und neben mir, im Schritttempo, Paul mit dem blauen Continental fuhr. Ich versuchte, ihn loszuwerden, aber Paul war stur, ich konnte ihn trotzdem gut leiden.

Adlmüller hatte einen Traum von Abendkleid für mich gezaubert, aus silbergrauem Georgette, das Mieder mit Perlen bestickt.

Konzert

Die Einladungen an die Prominenz von Graz waren abgeschickt, riesige Plakate schrien von Säulen und Wänden, mit Doppelnamen, darauf hatte Jaques bestanden. Er und sein Gefolge kamen mit einer Privatmaschine aus Berlin.

Ich war sehr vorsichtig mit der Auswahl meiner Lieder, es durfte nichts schief gehen. Bergerettes, englische Volkslieder, Schumann, Schubert und Mozart („Das Veilchen“). Endlich durfte ich wieder auf einer Bühne stehen, meine anfängliche Nervosität legte sich nach dem ersten Lied.

Der Abend war ein gesellschaftliches Ereignis, so die Presse. Meine Stimme und vor allem mein Vortrag wurden sehr gelobt. Für mich war es ein Triumph.

Jaques war sehr stolz auf mich und dennoch … es drängte sich ihm die Frage auf: Will sie so weitermachen? Eine Katastrophe für ihn.

Beim Galadiner war er ein brillanter Unterhalter. Mit seinem weltmännischen Gehabe und seinem Charme, Bonmots zu servieren, hatte er gleich die ganze Gesellschaft in die Tasche gesteckt. Es ist schon skurril – ein Jude in der Stadt der Volkserhebung …

Im Hotel Steirerhof, damals ein sehr nobles Hotel, war die Feier, wir wohnten auch dort. Ziemlich spät verabschiedeten sich die Gäste. Ich war ausgepumpt und totmüde. Jetzt nur keine Diskussion, keine Entscheidung herbeiführen, ich fiel ins Bett und schlief gleich ein …

Von Jaques hörte ich nur noch sein lautes Geschnarche …

Dobi weckte mich, er musste raus. Ohne Jaques zu wecken, zog ich mich an und schlich mich aus dem Zimmer …

Beim Portier lag ein Brief für mich, er sagte: „Er liegt schon zwei Tage hier." – „So eine Schlamperei, warum hat man ihn nicht ins Zimmer gebracht?", antwortete ich ziemlich gereizt. Der Portier murmelte irgendwas, ich glaube, es war nicht sehr freundlich, irgendwas von Künstlern …

Ich spazierte in den Stadtpark, meine Jugend hatte ich ja ab meinem zehnten Lebensjahr in Graz verbracht, da mein Papa hierher versetzt wurde. Am Tummelplatz blieb ich ehrfürchtig vor meiner ehemaligen Schule stehen, ich war eine schlechte Schülerin gewesen …

Ich sprach ein miserables Deutsch, in Eisenstadt waren meine Freundinnen alle Ungarinnen, bei meiner Aufnahmsprüfung schrieb ich: „Der Kuh geht auf den Weide."

Nach einem Jahr wurde mir klar: Ich bin für einen akademischen Beruf nicht geeignet. Ich will Schauspielerin werden! Ein kategorisches Nein meiner Eltern, besonders von Mutti. Man steckte mich in die Handelsschule: Das Kind muss einen anständigen Beruf erlernen! Staatsprüfung in Maschinschreiben, ich denke nicht daran, eine Tippse zu werden, ich will zum Theater! Um von zu Hause wegzukommen, verlobte ich mich mit Ernst, dem Sohn einer angesehenen Fabrikantenfamilie, hier auf dieser Bank, im Stadtpark …

Nächsten Tag kam er mit einem Blumenstrauß zu meinen Eltern und hielt um meine Hand an. Mutti war begeistert, mich loszuwerden. „Was braucht das Kind einen Beruf?“, sagte sie und schickte mich in die höhere Töchterschule, damit ich eine gute Hausfrau werde – kochen, waschen, putzen – nicht mit mir! Ich heirate nicht!

Meine Eltern waren weich gekocht, ich durfte Privatunterricht nehmen, bei der Lori Weiser, einer sehr bekannten Schauspielerin, und endlich – gelobt sei Gott! – im Konservatorium Gesang studieren.

Da kam der Einmarsch der deutschen Truppen. Als Bundeskanzler Schuschnigg im Radio seine letzte Rede hielt und abdankte, mit den Worten: „Gott schütze Österreich!“, war mein Vati ein gebrochener Mann und weinte. Er sagte: „Ich weiß, jetzt kommt der Krieg, und wir werden wieder die Schnürsenkelkameraden.“

Wie Recht er hatte. Offiziere, die beim Soldatenring gewesen waren, einer geheimen illegalen Organisation, die Hitlers Einmarsch vorbereiteten und ihn mit „Sieg Heil!“ empfingen, wurden seine Vorgesetzten.

Vati fing zu kränkeln an, er ließ sich pensionieren, vegetierte so dahin, nach einer Operation verstarb er. Ich habe ihn sehr vermisst, denn er hat mich verstanden, war immer für mich da. Ein richtiger Vater hätte nicht besser sein können …

Blumen für die Dame

Die Mädchen wurden zum Arbeitsdienst eingezogen, außer sie hatten einen Beruf, wo sie unabkömmlich waren.

Um weiter studieren zu können, musste ich eine Eignungsprüfung bei der Reichstheaterkammer bestehen. Ich bestand sie hier in Graz mit Auszeichnung …

Ich schlendere zum Springbrunnen, muss den Dobi an die Leine nehmen, so viele possierliche Eichkätzchen sind hier, sie sind ganz zahm, nehmen die Nüsse von der Hand. Ich setze mich auf eine Bank, das Rieseln des Wassers vom Springbrunnen, nur wenige Menschen gehen an mir vorbei, es ist so ein vertrautes Bild …

Ich denke, noch ist es nicht zu spät, der Zug ist noch nicht abgefahren. Jetzt habe ich noch die Kraft, mich loszulösen, von vorne wieder zu beginnen.

Wenn Jaques mir Steine in den Weg legt, weil sein Ego es nicht zulässt, dass ich mich selber behaupte und unabhängig von ihm werde, dann verzichte ich auf alles. Ich kann nicht anders, ich muss wieder auf die Bühne, koste es, was es wolle, und so schlimm wird es ja doch nicht werden.

Aber es kam doch noch schlimmer …

Mir fiel der Brief ein, abgestempelt in Berlin Tempelhof. Absender? ANONYM!

Ich bekam ein eigenartiges Gefühl, etwas Drohendes ging von dem Brief aus. Er lag schwer in meiner Hand. Ich öffnete ihn … Ich las …

Liebe gnädige Frau!

Ich muss Ihnen endlich die Augen öffnen, ganz Berlin weiß es, nur Sie nicht. Ihr Mann hat ein Verhältnis mit einer Krankenschwester aus Ostdeutschland, Frau Peters. Sie begleitet ihn schon seit drei Jahren auf allen Reisen und wohnt in Ihrer Abwesenheit in Ihrem Haus.

Die Haushälterin weiß Bescheid.

Ein Ihnen sehr gewogener anonymer Freund

Aus den Wolken gestürzt, blamiert, gedemütigt, wollte ich zuerst den Brief zerreißen. Doch dann dachte ich nach … dieses Luder … Jaques konnte doch nicht so hinterhältig, so falsch sein …

Ich war nur mehr wütend! Er, der um 25 Jahre ältere, nie hätte ich gedacht, dass er so ein Risiko eingeht, sich öffentlich mit ihr zeigt, so dass man mich bedauert oder sich über mich lustig macht. Gelegenheiten habe ich verpasst, wenn ich an den Anwalt in New York denke. Ich sagte damals zu dem gut aussehenden Scheidungsanwalt, der mich sofort heiraten wollte: „Jaques verlassen? Nein, das kann ich ihm nicht antun, er ist so gut zu mir, ich muss fair zu ihm sein!"

Ich dumme Gans! Es sprach nur mehr die Wut aus mir und der Zorn …

Jetzt nur nichts anmerken lassen, alles genau überlegen, nichts übereilen, cool bleiben.

Jaques und sein Anhang sowie meine Mutti saßen gut gelaunt beim Brunch. Jaques sprang auf: „Spatzi, wo

warst du so lang, wir haben uns schon Sorgen gemacht?"
Er rückte mir den Stuhl zurecht. Ich hätte mich fast daneben gesetzt, die Knie zitterten.

„Spatzi, ist dir nicht gut? Na ja, morgen gehst du mit Mutti, du lässt dich untersuchen, versprich es mir!"

Es fiel mir schwer, meine Haltung nicht zu verlieren, zu viele Gedanken schwirrten in meinem Kopf.

Endlich kam das Taxi, ich fuhr nicht mit zum Flugplatz. Er stieg ein, rief: „I love you, Spatzi!" Ich lächelte sauer – warf ihm eine Kusshand zu. Mutti stand neben mir, lächelte und winkte. „Verlogener Mistkerl!", brach es aus mir heraus! Mutti sah mich empört an und sagte: „Du bist und bleibst ein undankbarer Fratz!"

Am liebsten hätte ich jetzt das Götz-Zitat gesagt, aber das sagt eine Dame nicht und schon gar nicht zu ihrer Mutter.

Nach dem Brief

Ich liege nun hier im Sanatorium, so fing meine Geschichte ja an. Morgen kann ich nach Hause gehen. Nach Hause? Welches Zuhause? Ich habe nie eines gehabt. Morgen muss ich alles meiner Mutter sagen, aber wie?

Mutti packt gerade meine Nachthemden ein …

Abrupt kommt es aus mir heraus: „Mutti, ich lass mich scheiden!“

Eine Bombe hat eingeschlagen, sie sieht mich verwirrt an, ist kaum fähig zu sprechen, sie stottert: „Jetzt ist es passiert, jetzt bist du ganz verrückt!“

Ich sage ruhig: „Nein, ich komme Jaques zuvor, heute oder morgen wird er es zu mir sagen. Er hat eine andere, schon seit drei Jahren bescheißt er mich!“

„Du bist selber schuld, du hast ja immer solche Launen. Deine faulen Ausreden, wegen Schmerzen und so. Dein Kopfweh, er hat sich bei mir über dich beschwert.“

„Ach so ist das“, sage ich. „Ihr habt gemeinsame Sache gemacht. Wolltet ihr mich hier einsperren? Da hast du dich aber getäuscht, das klappt nicht!“

Sie fängt zu weinen an, eine alte Taktik von ihr, ich bin daran gewöhnt.

„Beruhige dich doch, ohne meinen – wie du sagst – Theaterfimmel hätte ich Jaques nie kennen gelernt. Ich versteh dich nicht! Statt mir zu helfen, gehst du auf mich los. Ich war immer für dich da, zu Ostern habe ich schon ein Weihnachtsgeschenk für dich ausgesucht, hab mir das Geld abgespart. Und die 1000,– Franken, die dir monatlich überwiesen werden, das hab ich veranlasst und nicht dein geliebter Jaques, der weiß nichts davon.“

Jetzt ist gleich einer ihrer berühmten, immer wirksamen Herzanfälle zu erwarten, mit denen sie ihre Männer immer kleingekriegt hat. Ich läute der Schwester. Mutti bekommt eine Beruhigungsspritze und wird aus meinem Zimmer gebracht. Eine Welt bricht für sie zusammen, kein Mitleid mit mir, kein liebes Wort, das ich nun so gebraucht hätte.

Ich bin bei Gott nicht herzlos, aber meine Mutter ist eine bessere Schauspielerin als ich. Für sie ist meine Scheidung nur eine riesige Blamage …

Ich fuhr nach Wien zu einem Anwalt. In Wien hatte ich eine kleine Wohnung, die ich eigentlich für meine Mutter gekauft hatte; einige Zeit hatte sie dort gewohnt. Dann heiratete sie Onkel Othmar und ging wieder nach Graz. Einen alten Baum kann man nicht mehr verpflanzen. Gut so, nun hatte ich ein Zuhause!

Ich engagierte einen Detektiv. Er teilte mir mit, mein Mann hat eine Krankenschwester, da er seit dem Unfall von Hannover behindert ist und Tag und Nacht Pflege braucht …

Ich wollte keine schmutzige Wäsche waschen, ich bat ihn um die Scheidung, er lehnte es ab, bot mir eine monatliche Apanage an, eine Suite in seinem Hotel, aber Scheidung – NEIN!

Scheidung

Es kam zur Verhandlung in Zürich. Ich bin ja Schweizerin, leider, denn die Frauen sind in der Schweiz sehr benachteiligt. Nach dem Schweizer Recht durften sie damals nicht einmal wählen. Miese Aussichten für mich …

Ich saß mit einer Freundin im Verhandlungssaal, alleine hätte ich dieses Theater nicht durchgehalten. Da kam Jaques, jugendlich angezogen, gut gelaunt. Er benahm sich wie ein Gockel, sein spöttisches Grinsen hätte er sich ersparen können. Es war alles nur Show: sein lächerliches Getue, sein jugendliches Gehabe. Ich hasse ihn!

Mein Anwalt riet mir, mich in Güte zu einigen, ein Prozess würde mich materiell verbluten lassen – es war aussichtslos für mich. Mich auf eine monatliche Apanage einzulassen und ein Appartement in seinem Hotel anzunehmen, wäre nur eine Falle für mich gewesen. Ich hätte immer das Hackl im Kreuz, er hätte mich beobachten lassen, nach der ersten Affäre brauchte er mir nichts mehr zu bezahlen und hätte mir gegenüber keine Verbindlichkeiten mehr.

Also wieder von ihm abhängig sein oder … Die Tür ließ er mir offen, reumütig wie ein geschlagener Hund zu ihm zurückzukehren.

Ich war eine Närrin, eine betrogene Betrügerin. Alles war auf einer Lüge aufgebaut, ein Kartenhaus, das zusammenbrechen musste! Ich habe mir immer eingeredet, dass ich ihn liebe – ich habe mich selbst betrogen, es war

Dankbarkeit. Dankbarkeit wofür, frage ich mich heute? Dass ich ihm elf Jahre meines Lebens gegeben habe, immer für ihn da war? Meinen Beruf aufgegeben habe?

Ich gebe zu, die ersten Jahre war ich mit dieser Lüge glücklich. Aber die letzten Jahre war es ein Horror …

Mürbe gemacht, einigte ich mich auf eine Abfertigung. Ein Butterbrot für ihn, für mich – ich war ja schon 40 Jahre alt – eine gewisse Unterlage, in nächster Zeit ohne Verdienst durchzuhalten …

Jaques meinte noch bei der Scheidung: „Es war der Johannistrieb …“

Was immer das heißen mag, ich dachte, es war Liebe …

DANACH

Nach der Scheidung flog ich mit Dobi nach Mallorca. Stundenlange Strandspaziergänge, nette Bekanntschaften mit Engländern und Franzosen, damals war diese Insel noch keine deutsche Kolonie. Ich ging tanzen, hatte Flirts, das alles baute mich auf, ich hatte wieder festen Boden unter den Füßen.

Jetzt war ich so weit, an einen neuen Anfang zu denken.

Palma de Mallorca

Ein neuer Anfang

Mit 40 Jahren ist man heute, in der Zeit des Jugendwahns, eine alte Sängerin, also musste ich umsatteln und wieder Schauspielerin werden.

Zur Hilde Jäger von der Josefstadt, die eine gute Freundin von mir wurde, ging ich nun jeden Tag, machte Sprechübungen, studierte Rollen, die nun zu meinem Alter passten – das Gretchen konnte ich nicht mehr spielen, – aber die Marthe Schwertlein. Hilde drillte mich so lange, bis ich am Burgtheater vorsprechen konnte.

Im Wartezimmer traf ich Bruno Dalansky, zufällig, er war oft in Berlin bei uns eingeladen, ich war über dieses Wiedersehen sehr erfreut.

Ich sprach dann dem Direktor Erfurt vor. Zuerst auf der Probebühne, dann auf der Traumbühne jedes Schauspielers: des Burgtheaters! Die Blanche aus „Endstation Sehnsucht".

Direktor Erfurt sagte: „Sie sind sehr gut, ich kann Ihnen einen Vertrag geben, aber spielen werden Sie selten, wenn überhaupt. Wir haben so viele Schauspielerinnen, die auf Rollen warten. Aber Sie, Sie müssen spielen! Was haben Sie in nächster Zeit vor?"

Ich sagte: „Ich klappere alle Theater ab, bis Frankfurt."

„Gut so", sagte er, „ich gebe Ihnen einen Brief, mit einer Empfehlung von mir, den zeigen Sie jedem Intendanten, und er wird Sie vorsprechen lassen." – (Es war ein wunderbarer Brief, mit einer Lobeshymne für mich, für mein Können!) – „Als Erstes halten Sie in Regensburg, da ist mein lieber Freund Volker von Kollande Intendant."

Ich bedankte mich überschwänglich und fuhr mit dem Auto schon am nächsten Tag nach Regensburg. Volker von Kollande sagte mir gleich mit Bedauern, dass mein Fach noch zwei Jahre besetzt sei, aber er gab mir auch einen Brief für seinen Freund in Frankfurt mit. Ich kam mir schon wie ein Hausierer vor, der seine Ware anbringen will.

Frankfurt klappte, ich spielte in zwei Stücken die Hauptrolle, mit durchschlagendem Erfolg.

Nun folgten Angebote über Angebote. Gastspiele, Sommerfestspiele, ich war ausgebucht.

Im Grunde war es mir egal, wo ich spielte, die Hauptsache war, dass ich spielte …

Ich hatte keine Karriereambitionen mehr, bin ruhiger und bequemer geworden.

Mit Mutti hatte ich mich versöhnt. Sie war eine alte Dame geworden, nicht mehr nachtragend und sehr lieb zu ihrer Tochter. Sie war so allein und schon wieder Witwe. Sie schrieb mir rührende Briefe, so dass ich mich entschloss, mich um ein Engagement in Österreich zu bemühen.

Mir tat meine Mutter so Leid, die Verwandten, es waren ja nicht mehr viele, lebten alle in Kärnten. Tante Anni aus Villach besuchte Mutti öfter und schrieb mir auch sehr liebe Briefe. Sie war sehr musisch veranlagt, verfasste Gedichte und hatte großes Verständnis für mich.

Gigi

Ich fuhr nach Wien zum Agenten. Wie es der Zufall so will, oder soll ich es Schicksal nennen, begegnete ich da einem Intendanten eines Provinztheaters – jawohl, Provinztheater – damals war es ja noch eines! Er engagierte mich vom Fleck weg, die Hauptsache für mich war, ich hatte nicht weit nach Graz …

Nun, ich, die Großstadtpflanze, war mit einem Jahresvertrag gebunden – ich tröstete mich, ein Jahr geht schnell vorbei, und dann braucht mich Mutti vielleicht nicht mehr. Wie ich so von ihr hörte, war schon wieder ein Onkel in Sicht …

Am Anfang bekam ich noch Angebote aus Deutschland, eine Fernsehserie, das ging nun nicht mehr, ich war ja gebunden. Ich gab es auf – nicht mich!

Ich ärgerte mich lieber hier als woanders, denn hier gab es immer Ärger, zum Beispiel über Fehlbesetzungen – man muss das verstehen, ein Ensemble, in dem man sich schon so lange kannte. Man war befreundet, ab und zu gab es auch Krach, ich konnte es nicht ändern, ich kämpfe gerne, denn das hält mich jung!

Mit der Zeit aber wurde es mir egal. Bekam ich eine Rolle, so spielte ich sie, wenn nicht, war es mir auch schnuppe.

Eigentlich muss ich diesem anonymen Briefschreiber dankbar sein. Vielleicht hätte ich nicht den Mut gehabt, mich ohne triftigen Grund von Jaques zu trennen. Hab ich alles falsch gemacht? Wie man es macht, es ist immer falsch, nach längerer Sicht betrachtet! Manchmal wünsche ich mir, es wäre alles nur ein Traum, es kommt mir alles so unwirklich vor …

Es war ein aufregendes Leben – leider kein erfülltes – eher ein tragisches …

Lieber Leser, ich bin kein Kind von Traurigkeit, will also dieses Buch nicht so beenden. Ich glaube, nein, ich weiß es: Jeder Tag kann ein neuer Anfang sein, es kann aber auch der letzte sein …

Ich hoffe, das hat noch lange Zeit. Endlich lebe ich so, wie ich will, das macht mir Spaß. Habe liebe Freunde und liebe Verwandte um mich. Ich genieße jeden Tag. Das Heute ist das Wertvollste, das man hat!

Wie sagte Jean immer? Das Morgen … On verra … Man wird sehen …

Und das Wichtigste und das Allerschönste für mich ist:

„ICH HABE ENDLICH EIN ZUHAUSE!“

Mit dem eigenen Stück „Ein Interview, Mrs. White"
im Jahre 1999 in Villach →